U0896049

哈拉顿大陆

HALATUN · LANDMASS

赖彦甫 著

百花洲文艺出版社
BAIHUAZHOU LITERATURE AND ART PRESS

图书在版编目（CIP）数据

哈拉顿大陆 / 赖彦甫著. -- 南昌 : 百花洲文艺出版社, 2021.7

ISBN 978-7-5500-3888-2

Ⅰ. ①哈… Ⅱ. ①赖… Ⅲ. ①中篇小说 - 中国 - 当代 Ⅳ. ①I247.5

中国版本图书馆CIP数据核字(2020)第210119号

哈拉顿大陆

赖彦甫 著

出 版 人　章华荣
责任编辑　胡青松
书籍设计　方　方
制　　作　周璐敏
出版发行　百花洲文艺出版社
社　　址　南昌市红谷滩新区世贸路898号博能中心一期A座20楼
邮　　编　330038
经　　销　全国新华书店
印　　刷　苏州彩易达包装制品有限公司
开　　本　710mm × 1000mm　1/32　　印张 5.5
版　　次　2021年7月第1版
版　　次　2021年7月第1次印刷
字　　数　60千字
书　　号　ISBN 978-7-5500-3888-2
定　　价　39.00元

赣版权登字 05-2020-193

邮购联系　0791-86895108
网　址　http://www.bhzwy.com
图书若有印装错误，影响阅读，可向承印厂联系调换。

赖彦甫，2001 年生，福建龙岩人。自幼爱好绘画与音乐，曾在厦门市举办个人画展以及钢琴巡演。由于 2010 年的一次契机，他开始接触小说创作，并于 2018 年 1 月发表了其第一篇短篇小说《漫步幻想录》。他相信所谓人类行为与人类思考皆是受历史因果叠积所影响，相信万物之间相对存在着运转规律，相信人类无限的可能性，从而诞生出了自成一派的小说风格。他同时还为自己的作品绘制封面与插画，为小说中出现的歌谣谱曲、填词，尝试重现小说设计中出现的文集、歌剧、寓言故事以及神话传说，从而使作品变得更加丰满、灵性并具有画面感。

扫一扫，加入读者群

目录

外典

论人幸福的矛盾

人的矛盾数不尽道不明。我们在这里只论之一二，故选文一段。

我想论的只有这一点：这是人类的幸福。而倘若我们失掉了这一点，便必定是会陷入到人为的灾祸与苦难中去的。人类的幸福，向来是只能够来源于安宁的。但人类的本质却同时又是不甘沦于无聊与寂寞之中的，所以我们没有幸福，而追求幸福，再不甘沦于“幸福”之中。人类的消遣行径向来是与人类的幸福所背道而驰的。人们为何不惜花费一大笔钱去购买一个职位，一辆豪车或是私人飞机，好让自己今后有机会向旁人炫耀那些毫无意义的外在事物，以便从中获得虚荣来填充自己因得不到幸福而徒增的空虚感？人们相信自己总有一天会被这虚荣的“幸福感”冲昏头脑而填满这深不见底的空洞，终会得到自己梦寐以求的满足感与幸福感。但事实却是，安宁的幸福与喧闹的“虚荣”都必定使人无法得到幸福，人类本能地渴望“充实”，而“充实”却愈加令人空虚。

那么“无神论”又从何谈起的幸福呢？拒绝而又皈依信仰的他们？唯物论的他们？崇尚人类科学的他们？无知？盲信？自我欺骗？游于时代末却未曾想要站起的他们？

我们的幸福从此变得虚无缥缈了。“我们要比穷苦者幸福些许，我们要比饥饿者幸福些许，我们要比偷窃者幸福些许，我们要比无权享受‘幸福’者幸福些许”。而以此般比拟的他们，又从何谈起幸福，从何谈起自尊和卑劣呢？倘若如此，倘若如此作为，如此无为，我们的卑劣、我们的“幸福”，最终摧毁的将是人类自身。

这并不是解决问题的方式。是的，任何情况下都不会是。

人类应该追寻的、追求的，理所应当也必定要是幸福，而不是卑劣的恶念。毕竟恶念只会使人向后看，而矛盾的幸福却是使人向前进的。

December 2018

世界观简述

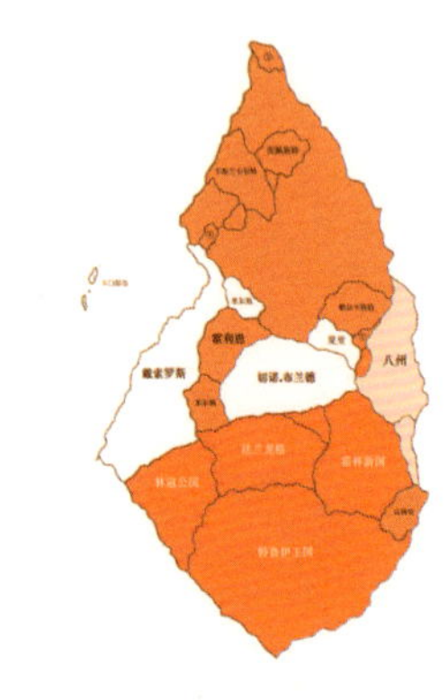

哈拉顿大陆（Halatun Landmass），一片横跨奥尔桑德南北半球的巨大陆地，面积达4000多万平方千米，地理环境复杂多样，自然、人文景观各有特色，其中哈拉顿本陆面积占其陆地总面积的98%，而此外还有游离在外的如卡门群岛、索冬琳群岛等将近3000个离岛。它占有世界陆地面积的五分之三，是人类文明的第二故乡。这些受到救世主指引的人们乘着巨舟从希雯大陆的瘟疫风暴中逃出，最终安居在了这里，而同时带来的还有制陶工艺与宝石工艺，这直接促进了当时哈拉顿原住民魔族与精灵族对于本土灵术技艺的发展与自然能源的探索，刷新了世界对于灵术技艺的认知，促进了世界经济和社会的发展，并不断地以各种方式革新他们思想、制度与物品。

古典时代

在纪元之前，哈拉顿大陆内部的互相影响因时代变化。纪元前的数千年中，于方伊尔河流域、戴尔悉江流域、卧龙江流域以及杰西洛山脉繁盛起来的诸多古代文明，大多只是局限于各自有限范围的领域内。而一直到希雯人出现，甚至歌力恩北上，这种文明生活之间互相半孤立的状态才渐渐有所改变。

而哈拉顿文明真正的改变发生在第一纪元末。第一纪元 1663 年，以佐尔林司 · 亚历山大为首的南方人类为抵抗古精灵暴君阿莱克丽丝 · 劳顿的统治，联合南方人类宗族建立了哈拉顿历史上第一个人类王国——特鲁伊王国，他们以隐居于大森林中的万神与万灵为信仰，临近戴尔悉平原垒砌起了高塔和原石矮墙，凭借着巨大的人口优势与先进的水稻种植技术，不断地与古精灵王国发生冲突。第二纪元元年，战胜了劳顿王朝的亚历山大对亚格境

内的古精灵族人发动了血腥的屠杀，以致南方精灵族在南方几乎销声匿迹，而统治了南方长达1671年的劳顿王朝由此终结。这不仅是导致世界大河文明发生翻天覆地变化的一个重要原因，更是象征着作为客家的人类从此开始踏上了一条由野心和自信支配驱使的不归道路。种族之间的战争与冲突带来的往往不仅是征服与破坏，还有经济与文化之间的互相交流，它对许多地域的宗教信仰产生了深远的影响。在这一时期，地区之间的贸易量也大大增加，他们通过陆路与海路进行贸易，在一定程度上也发展了当时的运输技术。其中交换的货物有：亚格的葡萄酒、宝石、香料、面条工艺，拉慕塔与帕米肯的玻璃工艺、哥蕾姆工艺、杰西洛的棉麻、铜制品，温裘斯的丝绸、制陶工艺、制糖工艺、木建筑技艺，安戈洛的石建筑技艺等数千种特色工艺与其产物。

中纪元

在短暂的近600年的第二纪元里，哈拉顿各文明之间的互相交流与冲突持续升温，因为当时的大陆已出现了许多史无前例的庞大帝国、家长制国家、共和国以及宗教国家，诸如几乎统治了整个亚格地域的特鲁伊王国、以方伊尔平原为中心四散飞速扩张着的西方戴索罗斯帝国（其中312年～第三纪元68年为共和国体制），以及囊括了西兹平原宽广土地并试图征服东海的东方靡耶纳帝国。各地域文明正以前所未有的速度交融、变化和发展着，并促生了许多往来于南北之间，传播着各地文化与思想的旅行家、冒险家和传教士。

值得一提的是，由于新欧几利缪尔长墙的诞生与以其构成的水利设施工程的完善，哈拉顿内陆国家的经济与文化空前繁盛，甚至毫不逊于那些早先起步于千年之前的大河国家。作为哈拉顿文明历史上最为宏大的人造建筑之一，它长期地给予人们的不仅是安全与和平，更是一个商旅之间互相交流的高效交易平台。新欧几利缪尔长墙基本断绝了北方狂暴魔兽对墙南人民的侵扰，直至今日仍在源源不断地将淡水输送给大陆的腹地，为东西文化交流传播做出了极其突出的贡献，是哈拉顿建筑史上的一个伟大奇迹。

现代

由于东陂战争的落败，衰败的南方特鲁伊王国同盟从第一世界的席位上退下，将包括诺曼、多里安在内的35个殖民地割让予戴索罗斯帝国，并背负上了沉重的债务，直接导致了南盟协议的破裂和阶级革命的爆发。第三纪元897年，以安弥尔顿·利兹为首的霍林民主党人发动了无产阶级革命，并于899年获得了最终的胜利，缔造了哈拉顿历史上第一个无产阶级专政的国家——霍林共和国。同年，由于长久的内部矛盾和政治体制的崩塌，以莫佩斯特为首的北方一九七城邦同盟彻底分裂，包括里维尔西斯、帕尔卡斯特在内的诸多魔族国家遭受到惨痛的经济损失，并一度透支着人类与魔族间的国家信用和种族信任。

封建阶级与革命阶级之间的矛盾日益增长，最终于第三纪元903年爆发了第一次南方内战。为将新生的自由国度抹杀

于襁褓之中，当年春季，南盟借口境内发生间谍事件向新同盟四国发动了第一次南方内战，历时3年8个月，以南盟的胜利告终，其领袖安弥尔顿·利兹被冠以战争罪并处死，当时就任特鲁伊王国国防部部长的诺林希尔·法隆霍克在小亚历山大大帝的指派下继任同盟统合领袖一职，通过众议会间接控制政权，大肆扩张军备以发动对外战争。南方的自由国度从此陨落。新同盟四国委员会于908年将霍林新国除名，同盟从此更名为切诺·布兰德新同盟。

第三纪元916年，霍林新国趁机向濒临分裂的戴索罗斯帝国发动了西南战争，由于国内混乱局势而无心迎战的帝国以归还南盟17个殖民地的代价签署了停战协议，但最终还是于917年夏季分裂。同年秋季，由于水源问题，霍利恩与米尔斯爆发了三面冷战，最后由亨利·米尔斯博士和霍利恩家主辛瑟·霍利恩出面和谈，结束了历时26天的武装对峙。

第三纪元917年冬季，长期处于

暴力镇压与沉重赋税下的霍林人民在切诺·布兰德民主国际委员会和巴丹·毛里姆同志的积极引导下成立了斯登新政。918 年春季大选之际，他们首次出现在人们的视线之中，但以极大的票数差距落选。斯登新政宣扬的“魔族与人类共同相处，实行人道主义公平对待各民族各种族”受到当地魔族的拥护，923 年春季大选他们再次出现，并以仅 3% 的票数差距落选。斯登新政的出现引起了亚历山大王族与法隆霍克家族的担忧，927 年冬季，小亚历山大以“铲除恶党”为由发动了“第二次南方内战”，这一次的内战实质上是人类与魔族之间的再次争锋，也是亚历山大封建王朝的一次垂死挣扎。内战引起了北方魔族里维尔西斯宗族与莫佩斯特同盟的密切关注，且有不少北方人民以雇佣兵与志愿军的形式参与了此次战争。

第三纪元 930 年，“第二次南方内战”正面战场基本结束，双方伤亡惨重，霍林新国政治局势紧张，体制濒临破碎，南盟经济也遭受空前打击，负债累累，国家信誉低下。为了挽回局势，小亚历山大大帝法林·亚历山大整合南盟军备发动了北伐，准备做出最后的挣扎。

扫一扫，听本卷专属音乐《The Legend of Land》

第一章

“战争……又是战争吗……”老佣兵坐在木桌旁，依着破瓷盘里顶着的半截蜡烛看着几天前的旧报纸，嘴里叼着没有烟草的烟斗，深深地盯着报纸上用蓝绿色油墨浅浅地印着的“北伐”二字。

他用结满老茧的拇指不断地摩挲着扣在食指上的那只黄铜圈，扭动着它本就已经过度形变的身躯，嚼动着口中的唾液，舔舐着自己的上嘴唇，就仿佛是哀悼死人那般，许久地沉默不语着。

“啊，是啊……又是战争……”

就犹如在雪水中浸泡了长久时间的发泡的青苔一般，远处的石头墙壁轻轻发出了一声叹息，在烛光照射不到的地方悄悄地轻声哭泣着，一阵阵地传出鼻腔深度喘息的空鸣声。蘸着发臭黏稠的黄油的豌豆面包横卧在墙角，就待在原本塞着些马铃薯泥的空铁皮罐的边上，倚靠在盛着冰凉茶水的铜壶身旁，在潮湿的空气中逐渐瘫软下身躯，一动不动。

艾里克的双眼久久凝望着虚空，

齿间轻叩着嘴唇，将挂坠含在口中，以舌尖顶着，而后慢慢地站起身来，将项链塞回到脖前，弯腰拖着矮凳坐到老威尔的面前吹熄了蜡火。

“老爷子，我们谈谈吧。”

“怎么，要回北方去了吗？”老人放下报纸，摘下口上的烟斗并小心地放到桌面上，缩起身子盘腿坐在椅子上，又整了整垫在身后的沙包，“嗯……”青年伸手将报纸挪到自己的身前，将其折成四折后塞进了口袋里，双手交叠在一起，以左手的拇指掐着虎口，转过头去看了看窗外。

“下雪了哪……”

老威尔没有再说话，只是起身开始整理起行装，从鲁格茜拉堡的郊野赶去帕尔卡斯特，不乘火车少说也需要三四个月，倘若想要赶上开战，他们就必须立即动身。和那些挤在高速货运列车的南盟士兵们不同，非公民的他并没有登上火车的资格，而只能搭乘便车或是走着去，就像那些向新欧几利缪尔的长墙朝圣着的信徒们那样。

春天的阳光是懒惰的，它照耀着尚未融化尽的林间的雪；生灵们是懒惰的，而多是尚在穴中安睡或是伏在树顶上张望。泥土也尚冻着，已经有少许融化的雪水积在低洼处；空气却依旧干冷，也许这就是初春的余寒，冬之女尚未离开之时的冬日的余兴。纵使是春日，空气却也依旧是会使人不适的。林间不时地会传来些树枝断裂的声音，由于融雪导致重心偏移而以致积雪从树顶跌落的声音，还有少许早起鸟类的鸣叫声。

老佣兵扛着猎枪走在前头，身上披着厚重的羊皮大衣，缠着毛围脖，头上扣着一顶用廉价野兔毛缝制成的大帽，从远处看活像是一只还没睡醒的熊崽深一脚浅一脚地缓缓前行在深雪之间。他们没有带太多东西，只是在包里塞了些应急用的陆奥饼干和一个两人共用的水囊，还有朗姆酒以及外伤药，但唯独少了老头平时必需的烟草。

两人计划着在天黑前赶到邻近的县城，然后花点零钱让当地的农商或是布匹商人用牛车捎他们一程，正好还可以在拥挤而温暖的货厢里小憩一会儿。

“嘘！”威尔突然蹲下身来，举起手提示跟在他后面的艾里克并叫其待在原地，而自己则将子弹推入弹舱拉起枪栓上膛，慢慢地循着因接触了阳光而变得较为松软的雪毯摸过去，然后在靠近了那朵令他有些在意的灌木丛时，抛下枪猛地把丛中的人影揪了出来。

那是一个女人，穿着华丽却单薄长裙的年轻女人。少女看起来只有十六七岁的样子，散着头发，身上只裹了一匹绘着花纹的以羊毛和鹿革织成的手工挂毯，而就这么昏睡在冬野的树丛里，本能地将身体蜷缩成一团，试图含蓄着体内仅存的那么一点点体能。“艾里克，去把火点起来。”老威尔脱下披肩并将其垫在少女的身下，再抽出她胡乱缠着的那只已经湿透的毛挂毯，取出小杯倒了些甘蔗酒温热。

如果可能的话，他想要先把她唤醒。

朗姆酒已经被小心地饮下咽喉，野旅的两人面朝着阳光坐在风口处，堵起冷风使之不会直接吹在女孩的身上。他们舔着刚刚煮沸的掺着酒精的雪水，掰着饼干提前吃起了午餐。艾里克看起来有些焦虑，他担心这本就紧缩的行程会因此受到耽误，而暂住旅馆又要花上他们一大笔钱。他想让自己始终对事件进程的发展充满信心，但同时不乏要考虑到糟糕的结果或是意料之外的不幸，他相信事情是在往好的方向行进的，而最重要的是，他也愿意将此变成现实。

“唔……”女孩若银铃般的虚弱呼声惊动了二人，她挣扎着从地上坐起，伸伸僵直的双腿，在仔细地打量了面前的两人后，将滑落在地的棉袍重新披到肩上裹了两圈，用手扣住，尝试着扬了扬嘴角，小声地从口唇间吐出两个字：

“感谢。”

她看起来害怕极了，像是一只受了惊的小兔子窝在一旁，就好似随时任何一点异动声响都能将她惊跑，而重新躲藏进自以为安全的灌木丛里或是消失在苍白色的深雪之中。

男孩看起来有些不耐烦的样子。虽然他已经十二分努力地让自己保持倾听者的耐心且乐观而冷静地思考了现状，还有保守的可能性，但事实却始终是指向那一个令他有些抓狂的结果。

“你住在哪？我们送你回去。”艾里克从地上坐起，用力掸去沾在棉裤上的雪花。

“请……只有这个……别。”

那个离家的女孩什么也不说，只是支支吾吾地搪塞几句，而坚持着要与他们先同行去到镇子上。老佣兵也拿她没办法，只得先答应下，想着到了最近的县城再做进一步打算，不论是乘着早班次的巴士先抵达康林，还是找上货运商会的熟人去搭他们的便车，他想着：人怎么都是不能停滞不前的。再说，他们也不安心将这女孩一个人丢在荒野里喂狼。

天色很快便暗了下来，就犹如拉起幕帘那般，丝毫不予人准备地突然降临了夜幕。林子里突然热闹了起来，而多半是来自这些夜行歌唱家们美妙的歌喉，猫头鹰低沉的长鸣、狐狸诡异的怪叫、狼犬深情的高嚎、狗熊沉眠的鼾声。这些默契的表达者，同时更是优秀的聆听者、欣赏者们，不乏丰富想象力、艺术创造力的他们，是那样忘情地各自唱着，自我陶醉在这冬夜的松林，以致淡忘了时间的流逝，只顾沉浸于自我的世界之中，歌声也越发迷人了。树林中时常还能见着些徘徊的死者，而与那些荒谬超现实小说中描述的不同，仍旧留恋于人间生还者恶途的他们其实是并不愿伤人的，而不过是些被归所之门拒于疆外的佛道未尽之人，自然也要比生者们来得友善得多，摸起来也似是更有温度的。

远远地能看见雨雾老城中矗立的石塔——救世主的塔，孤独地直指着太空，仿佛是一位在漫长人生岁月中思考着无垠真理的贤者一般，双足实踏于大地，而双目却始终遥望向宇宙。老城里没有灯光，只能凭着夜色慢慢寻到进入内城的路，复杂下町的街道就犹如一盘巨大的迷宫，巧妙而委婉地拒绝着那些不善的无礼者、偷窃者，还有强盗，而即使是飞渡了千百年的岁月也依旧恪尽职守着。一路上能看见许多完成或未完成的石头佛像，或是横卧在大道上，或是镶嵌在砖墙里，或是端坐在道路两旁，他们多为逃亡的僧侣与信徒所做，而以上世纪五十年代文化整肃时期最多。

但想是谁也不愿意去提起那段浸染着赤色的亚历山大的悲剧，也更不用说那些虔诚的信仰者最后的结局了。

他们说，人冷酷。

扫一扫，听本卷专属音乐《Redemption》

第二章

这里，空无一物。

山脉苍老，河湖苍白，这里没有仙乐弹奏，没有颂歌传听。

你在寻找什么?

“又到了羽翼凋零的季节，你又在盼望什么……灰白的天使。”

“或许是……归途 吧。”

男孩没有睡着，而是独自一人徘徊在破碎的城垣上，坐在石墩上仰望着夜空，无神地凝望向虚无、指向北方，低声叹息着、祈祷着，直到清晨的第一缕阳光透过晨雾懒懒地趴在尚未蒸去的甘甜的露珠上，闪动着纯挚的七彩光芒，勾起人心动，轻轻抚触其冰肌胴体的欲望；启明星也未离去，远远望去，相较于灯盏而更似是一粒黑洞，用它那若深渊般深邃的眼眸直勾勾地俯瞰着大地深林，而称之为“启明”，

却也是孤独守望着黎明最后的黑暗。

出了城向东面再走不过半刻时间

便是大道，早间和正午分别会有两班开往康林市区的公共巴士经过这里，但再晚些就没有了。由康林往返王城区，即使一刻不停地奔走也至少需要花上十二个小时，且还得赶在管理员下班之前把承包车辆还回运营公司。特鲁伊有不少这样收费提供交通服务的由国家支持的民营运输公司，在交通运输显得愈加重要的当今社会，这些承载着国家生命力的细胞正一刻不停地为王国这庞大的精神与物质的聚合体输送着养分，维持着它能够向前不断奔跑的氧气与能量，经济与信仰，还有秩序。

艾里克一上车就睡着了，盖着棉袍侧倚在最后排靠窗的位子上，将兜帽扣在脸上遮住阳光，双手环抱于胸前以防其在车辆颠簸时滑落。女孩看起来兴奋极了，就好似是第一次坐上汽车的那样趴在玻璃窗内向外看，金碧色的双瞳里闪动着兴奋的火花，犹如托帕石那样的活泼且清澈。巴士上没有什么乘客，擎着长吊杆的渔夫在西多下了车，秃头的报社工作者打他们上车就一直睡死在座位上，手里夹着文件包和大卷的横格稿纸，嘴里还喃喃地正含着些什么。

老人唤来女孩坐到自己身旁的位子上，再从包里掏出半块酥饼，掰下一点塞进嘴里而将余下的全部交给女孩。

“你叫什么名字？”威尔温柔地微笑着，“不知道你的名字的话，今后可会很不方便哪。”

“缇娜……缇娜·阿里戴尔……”

“阿里戴尔……没有听过的贵族姓氏哪。”

“欸……咱家……也……也不是什么很有名的贵族，就是……”

女孩把头歪向一边，整整衣领，将长发从袍子下理出。

“啊，失礼。我的名字叫作威尔·米尼斯提里欧斯，那边睡着的小哥是艾里克·亚瑟，同行的这段时间里还请多关照了。”

“这里才是……请多关照，米尼斯提里欧斯先生。”

女孩身体前倾点了一下头，左手捂住胸前未扣紧的卡扣，并用手指重新调正胸针的位置。

“不过说起来，为什么你会倒在戴维尔的森林里，那里离王城区可有好几十公里哟……”

“我……说是在旅行来着，但其实是从家里逃出的……”

“父母不会担心吗……”

“那个老头子从来不关心人……但是，如果能够联系得上的话，确实还是想打个电话回家的……”

“嗯……”

威尔摸了摸脖子，可能是稍觉得有些热了，他侧过身打开了窗户。

“你们呢？”

“嗯？”

“为什么这么着急着要赶去康林？”

“不是去康林。”

老人把手套进口袋里，在内袋上快速地蹭了两下，掏出一块以细布精

HOTEL

BOOTS
CAFE
LOCKHARTS

心包裹的金属壳火石打火机，在小心地解开了包装后，他用拇指掀开了盒盖。

“我们去夏里。”

他推动火石轮想要点火，而左手掩着机体，背过身去用身体挡住风，嘴里叼着卷烟，伸长脖子尽可能地凑到打火机的跟前，但还是许久都打不起火来。

“是因为……北伐吗……”

老威尔愣了一下，抬手拉动把手将车窗闭上。

“啊，没错，因为北伐。”

他将打火机塞回口袋里，解开了内衬衣领的两个扣子。

“897、903、916、917、927……”

缇娜知道他在说什么，是的，她尤为清楚的，这烙印在近代世界与道德观之中的深刻的痛楚和血流不止的伤痕，叫人觉醒却一再长鸣着的白教堂塔顶的悲伤晚钟。

897年，霍林民主革命战争爆发，

历时 1 年 6 个月，16 万人死亡，150 万无辜民众卷入战争，40 万人无家可归。

903 年，第一次南方内战，历时 3 年 8 个月，455 万余人死亡，其中正规军队死亡人数有 108 万人，而民兵和奴隶人数大大超过了这个数据，其余的则是平民。

916 年，西南战争爆发，历时 3 个月，5 万余人死亡，该战争直接导致了戴索罗斯帝国的分裂并助长了种族主义的恶行。

917 年，三面冷战爆发，历时 3 星期 5 日，最后由亨利·米尔斯博士出面与霍利恩家族家主辛瑟·霍利恩谈和并签署相关协定，结束了两城短暂却恐怖异常的武装对峙。

927 年，第二次南方内战爆发，历时 2 年 1 个月，680 万余人死亡，超过 50 万魔族与亚魔族居民遭到南盟军团的血腥屠杀。该战争实际上是南盟对内实施的政治整肃行为与深化种族主义的暴力行径，激化了南北问题矛盾，将南北国际关系推上风口浪尖……

暴行仍在继续。

现在他们来了，高擎着染血的短剑与长矛，燃烧着腐臭僵尸的熔炉，红黄交织的雄狮太阳大旗、绞刑架，还有一张用透明塑料膜封装的为通向世界和平而精心撰写的协议书。但是还有谁能为莫佩斯特说话呢，霍林吗？切诺·布兰德吗？八州吗？戴索罗斯吗？里维尔西斯吗？到头来谁也都不再说话了，便也是失去了挣扎求生的力气了。

难道神会为人说话吗？

阿里戴尔沉默着，她回过头去看了看睡在车厢后排的艾里克，年轻结实而充满青春阳光的肌肉，略显稚气的下巴上的茸毛，却不展愁眉。小雨杂着雪花悄悄下着，就好似是不愿吵醒熟睡青年的那般轻柔地点在玻璃窗前，从底边渐渐地升起雪花状的白霜模糊了视线。

巴士暂时停靠在了临近颂度 & 丹徒恩地界旁的休息站，由于司机师傅需要例行确认行程路线，他们获得了 20 分钟下车活动的时间。老威尔想要下车抽烟，他从皮包侧边的小袋中取出烟盒，弹出一支香烟用嘴叼着，手里捏着火柴棒从后门下了车，找了个背风的位子，点起烟卷，或许是不想被艾里克看到，他背着身子站在巴士的尾部。那个秃顶的男人也跟着下了车，而可能是只去解手的缘故，他将手提包留在了自己的位子上。

然而一直待到汽车离开也没见男人从树林里出来，就这样被载着小包驶离了服务站，在雾雨中消失不见了。或许等到那个“谢顶”回头想起来，他会打电话去运输管理公司总站的问询台，让那里暴躁的服务生告诉他这文件包的下落。

只希望半途中没人打它的主意，摸走了其中的个人身份证件或是别的什么重要的东西。

离开丹徒恩，再渡过戴尔悉江便到了康林——一座充满生机活力、信息发达且富裕的城市。她是特鲁伊最重要的口岸城市，市场经济成熟的发展特区，通明着瓦斯灯的行车道上，随处都可以见到闪烁着霓虹招牌的商品店、二层阁楼的茶饭馆以及图书楼。而其中以邦克林亚当大道最为丰腴。

人们首先看到的是全特鲁伊最大、最豪华的金碧辉煌如宫殿般宏伟的康林大剧院，它接待过世界众多著名剧团、交响乐团、优秀音乐家以及舞蹈家，是世界艺术文化交流的最大平台之一，也是文化艺术产业的发展基地。在看到镶嵌着黑曜石的精美大理石雕塑后，市政大厅门前耀武扬威似的挂着的雄狮大旗映入眼帘，经历了三次重要国际会议、七次国家政治谈判会议的它，如今正面对着粼粼的戴尔悉江向过往的人们诉说着这千年南方国家的传奇故事。而往后则是邦克林亚当图书馆，既是图书馆也是博物馆的它，自建成至今已过去了二百四十三年的岁月，而它无疑是这里最为老牌 同时也是最富有历史文化情结的建筑。

此行的目的地康林汽车站已经近在眼前了，远远地能够看到许多停在待转区入口等着进入车站的旅游巴士和双层巴士，一股脑儿地拥在街口争先恐后地想要优先拐入内道。拥着站在道路一侧的人力车夫点着烟，浩浩荡荡的，就好像一阵依着青烟的传教士，而尤其是那些扎着小辫子的矮个子男人，像极了东方的道士。

司机并不想去凑这个热闹，他将巴士停在前一个路口靠近商店街的道旁。据他的说法，从这里出发前往市中心要远比从车站出发划算得多，那里的车夫漫天要价且扒手奇多，一不留神就会被顺走些什么，安保队还从不予以治理。他说康林的扒手大多是有主的，那些人早就和警察署的大人们串通好了关系，自然也就不捉人了。

老威尔让两个年轻人先带着小包下了车，自己则留在车上整理着那些比较繁杂的衣物行李，他转头看见空座椅上那个报社社员遗留下的公文包，便叫了司机一声并伸手要去取。

但是……

扫一扫，听本卷专属音乐《Redemption》

第三章

晚上好，亲爱的戴安娜，最近还算好吗？

我知道你不能向我回话，我能够理解。这也是无可奈何的事情。

我们失去了他。威尔·米尼斯提里欧斯。啊，你见过他的，那个红头发、一上前就想要搂抱你的佣兵老头子。有人远远地朝他连续开了两枪，就当着我的面，而只是为了那个装着些废纸和零钱的公文包，一枪打在了他的肩上，另外一枪正中脑门……

他当场就死了，任何人都没有办法。

抱歉，其实我不该跟你谈起这些，因为这本就是我自己应该担负起的责任。

让你担心，我很抱歉。

最后再跟你说个好消息吧。我很快就会回到北方了，而且这次我会带个新朋友给你认识，你一定会高兴见到她的。

这里是永远爱着你的哥哥——艾里克·亚瑟。

深夜孤寂的大道间，她远远地见

到青年独自站在红色的公共电话亭里，手里持着仍回响着规律连线断绝余音的话筒，就好似迷失在都市高楼深林之中的幽灵一般，在那间外墙张贴着少许破碎小广告、隔有透明玻璃的小屋子里失神地深深望着自己的脚尖。

雨还在下着。

他怨想、呻吟，暴躁却如单纯稚童般地冲着面前那台投币式电话机爆发着自己无处宣泄的失去挚友的苦痛和对软弱自我的无力无助感的愤怒。他想，人本恶，但最终迫使人做出暴行与恶为的却始终指向恶念，人贫苦，人嫉妒，人安闲，人虚荣，人淫荡，人饥渴，人无知，人怨恨……控制肌体运动的是神经，施发恶令予神经的是首脑，影响首脑做出罪恶的是这惨淡现实。

而非人本恶。

“怎么……是阿里戴尔吗……”青年伸手摸出倚放在话机机箱旁的雨伞，侧身拉开小亭的折叠门，在空出位置之后慢慢地转过全身，而愣神着面对空气点头示意之后，低头看了看正站在门口的那个被雨水淋得湿透的人狼女孩，羸弱、饥瘦，却只穿着一件以黑色垃圾袋剪成的称不上是衣裳的遮羞物，棕黑毛发上沾着散发出少许啤酒臭味的烂泥浆和冰冷的雨水，尾巴也丧气地拖沓在地上，时不时地在雨夜透骨的冷风中抽动两下，而犹如象征性一般地暗暗在肌肤皮毛下颤着。

她抬头看看亚瑟，稍稍抿抿嘴好似要说些什么，却始终是发不出一点声音，耳朵也随之耷拉了下来。她从布口袋里掏出钉锤和传单开始朝着电话亭的外壁上张贴，由于身形矮小，她不得不踩上临街的石阶并踮起脚尖才得够到路旁人们能够看到的显眼位置。青年想她定是看不懂那些方寸黄纸间印写着的恶臭字眼，也祈祷确是如此，那确不是这些年幼孩子所能够理解并在脑内构想出合适说法与恰当原理的污秽物，肮脏不堪的祈祷。

但又有多少富有善意的人能愿意替孩童们隐瞒且不被无知的他们施以过分的责备与期盼呢？他们本就不该过早地踏

入成人的世界。

青年想自己并不是一个会做这样天真祈愿而以赋予自我的理想化的欺瞒去将责任推脱于不言之中的伪君子，至少站在他面前的那个女孩并不想，即使她什么也没能说，也什么都还没来得及去做。

这些孩子理应是自由奔跑在帕尔卡斯特的稀树草原之间的。

艾里克一手撑开了伞，然后拍拍女孩的肩膀微笑着说道：

“Je te ramène à la maison.（我送你回家。）”

一路上女孩都躲在亚瑟的身后，就好像生怕被人看到的那般，万分警惕地戒备着四周，而同时也是少许怀着犹豫与疑虑跟随着青年，好似是在担忧着是否会被面前这位挂着笑面的陌生男人卖去其他地方，随时准备释开紧绷的腿肌肉狂奔脱逃。

他想女孩大概是在害怕那些藏匿

在黑暗之中紧盯着自己的下水道间的居民，尽管她也知道这些营养不良的地下居民与强盗或窃贼终是有所不同，他们不敢伤人也不愿出现在明处，见不得任何人流血，却又意外地热衷于围观，而仅仅是远远地看着自己被他人携走，再不敢任凭着匹夫之勇冲上前去申明那仅存于时常言语之间的所谓占领地域的所有物意识。

但此时正站在她面前的这个男人显然是不同的。

“涅普……涅普西斯，我的名字……”女孩小声地开了口，稍稍靠上前去抱住青年，“说要送我回家……是真的吗？”“啊，当然。”艾里克停下脚步回过身来，半蹲着贴近女孩，“我不仅要送你回家，我还希望所有孩子、所有人，那些还在受苦的人们都能回家去，回到里维尔西斯，回到俾霏拉去。”

他轻轻将涅普西斯搂住并把覆在身上的长披巾裹到她的身上，将她从地面上抱了起来。

“我相信，俾霏拉的赤铜大门永远是向地上正逃逸于战火与恶意苦痛着的魔族子民们敞开的，而我以及我强韧不屈的盟友们亦是如此。”

“没想到你居然会抽烟……”阿里戴尔慢慢从亚瑟的身后靠了过去，背倚在旅馆天台混凝土房檐上焊有不锈钢的护栏上，在舒缓鼻腔后的轻轻喘息声间，她仰头望向了这座阴雨城市无奇的灰蒙夜空。“是睡不着吗？小姐。”青年取下嘴边的卷烟，顶起拇指将隐燃着余烬的烟草用力按压在混凝土墙上。“稍微有一些吧……房间有些小，两个人的话实在是有点挤。”

缇娜稍作沉默了会儿，转过头来看向艾里克，“我听说你们要去里维尔西斯……”

虽已是深夜，但街道高楼间的灯光却依旧是毫不显出倦意与疲态的。从天台的最边沿探出头去向下望，冲击视觉的满目光彩就如使人坠入了汇满彩虹光芒的鲜花湖泊，而在琳琅满目灯红酒绿间致人盲目，迷

失于繁华市井斑斓霓虹。

“她不属于这里。”青年抬起头，叹了口气，“我着眼的是世界和平、种族和平。我渴望所有的人民都能够吃上饱饭，所有的有才者都能够各尽其职，希望果树结满丰硕果实，希望街道通满敞亮灯火……而不是让学生扛起步枪，让医生冲锋陷阵，让厨师点燃碉堡，让矿工垒筑战壕，让农夫投掷炸药，让牧师敲响丧钟。”

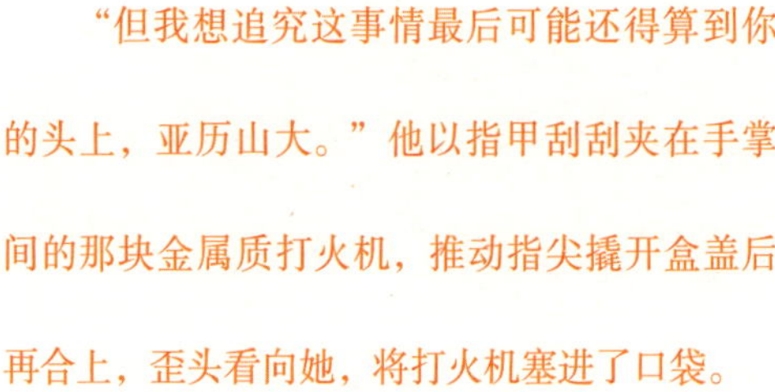

“但我想追究这事情最后可能还得算到你的头上，亚历山大。”他以指甲刮刮夹在手掌间的那块金属质打火机，推动指尖撬开盒盖后再合上，歪头看向她，将打火机塞进了口袋。

亚瑟看起来有些厌烦这个女人，而不自觉地将怒火的矛尖指向了她，一直盯着她胸口那块以金丝和玉石雕琢而成的梧桐叶胸针看。

“请不要用这个名字叫我，我和那个老头子不一样。”缇娜看起来很生气，稍提起音量强调着，后又退缩了回去，却似乎是并不因青年故意揭穿她的伪装而发怒的。她很害怕艾里克做出的那副表情，更不说她还从没见过这个男人如此夸张地皱起眉毛咧开嘴，而与往常的死鱼脸不同，是令人惊诧着却难以吐出一句“难道他也会有这种表情”的短暂静默的恐惧。

她确实承认自己是难以鼓起勇气去直面那女孩的，看着她卷起尾巴颤颤巍巍地从门外走进，身上还挂着肮脏泥泞的垃圾袋，透出不健康色泽的毛发上烙着许多因烧灼烫伤感染而留下的伤疤。那双流露出恐惧的灰蒙眼睛即使是在闭合时也在不断地诉说着悲剧与苦楚，而紧紧地拽着男人的衣角不止地哭泣。

她躲闪着想要逃避那双泛着沉重昏黄晕影如死人般缺乏生气的眼睛，逃避那渴求着救助而竭尽全力发出的沙哑失真的低唤，逃避旁人的指责，逃避应尽的责任，逃避王道，逃避正义，逃避理智。

亚历山大害怕的正是那双眼，害怕的是那双透析出血液般鲜红却朦胧着惨淡死灰的那双眼。

她想要解释，立刻。

“我从他们之间逃出来了，做出我自己的选择。我已经改变了，变得与他们不同了，再不必说自己不愿说的话，做自己不愿做的事，脱离了，解放了，我已经……”

“所以我说想要追究这事情，最后还得算到你的头上，亚历山大。”

青年的紫红双瞳突然间刺向了她，就像用力以拳头揪起人的心脏那般，在一瞬之间停滞了跳动，而不停转动着指尖那颗结着铜锈的黄铜圈，咬了咬牙。

“你还不明白？以为自己已经逃脱了。”

“她还在受苦，孩子们还在受苦，人们还在受苦。而你却还以为自己已经逃脱了。”

米尼斯提里欧斯什么也没说。

“你也是加害者，缇娜·亚历山大。你，也是加害者。”

扫一扫，听本卷专属音乐《Redemption》

第四章

“早……早上好，主人。”

青年尚未睁开眼，而首先听见的是隔间里旅馆设置的热水壶内沸水翻腾的声音，从中夹着绿茶和庭院樱花的恬寂芳香，伴着清晨的活泼水汽从窗外散入房间内。青年支着窗沿从椅背上将身体引起，揉了揉惺松的睡眼后嚼动口唇松开麻木的下颌，扬起嘴角微笑着摸了摸轻轻凑在他身旁的女孩。“早上好，涅普西斯。”女孩的精神看起来比昨夜刚遇到她那时要好得多，也穿上了整洁且保暖的衣裳，虽在晨间阳光的照映下能够更清晰地看到她皮肤上展露出的扭曲伤疤，但同时也令人坚信情况正在向好。

只是在他转过头来正打算呼唤起老威尔的时候，却突然发觉自己面对着餐桌上一杯正腾着热气的樱花茶支吾着抬起嘴唇，再发不出一点声音。

啊……没错，热心的威尔·米尼斯提里欧斯确实已经不在了。

但昨日负面的悲伤感却只是在他

的面容上停留一瞬，青年抬起头望向那棵从内庭中央坪地将枝叶伸展进旅馆窗门的含蓄着粉白花朵的樱花树。

他想着人怎么都是不能停滞不前的。

青年和女孩很快地解决了早餐便拎着背包离开了，而至于餐点的内容，也不过只是就着寡淡的樱花茶和几块碎饼打发了隔夜的空腹感罢了。他们并没有坐在街角热闹早茶店里品尝康林有名的精品蒸制糕点和卤制品的闲情与时间，每三日轮班开往诺曼的火车会于今天早晨八时三十分准时从康林中枢车站发车，亚瑟不想错失这个机会而再转去搭乘那些慢得令他抓狂的巴士，更别谈要以徒步的方式穿越那些公车无法到达的偏僻却管理异常宽松的渡口。

只是亚瑟目前还没想出一个万全的方案能够让他带着涅普西斯一同通关，毕竟看这正靠在自己身侧的人狼女孩，明显不是属于所谓王国居民定义范畴中的任何一类，而仅是其“附属物”一般的存在。

但青年分明能够在肌肤间感受到她那颗野狼般强壮而充满了生命力量的心脏正活泼地跳动着，却一再是听旁人不将她当作人的。

“为什么要称我为‘主人’？”艾里克轻轻地提了提发愣女孩的指尖问着，“我并不……”

“Veuillez......（请……）”

她稍稍停顿了会儿，然后短抽了一口气提起音量说道：

“我想为先生做更多的事情。”

亚瑟看起来有些惊讶，而更多表现出的是兴奋和愉悦，以及对其坚守的赞赏。她确实拥有不迷茫于悲苦与不幸尘霾之中且始终秉持着方寸净洁余地的优秀品质，且无疑是对其如视珍宝的。

年轻的主人想着自己是要担当起更大的责任了。他脑海中所认为的可谓“优秀”者，或说“才能”者，必须是如原石生铁般经过精工设计构思并雕琢打造而最终成为宝器的，而所须谈论到并循序操作的便是教育，且是论其本身，也是论大观。这毕竟也是他往

后所要考虑实现的课题。

他相信世界上并不存在缺乏才能的人，而只是缺乏发现者。

Il n'y a pas de manque de beauté dans le monde, mais le manque d'yeux pour découvrir la beauté.

我们要说其最为宝贵的无疑是这颗所谓的“原石”自身，而再论之则是发现、发掘者。当然此时需要我们注意的是，此处论说的“Discover（发掘）”这一词的意义，更多侧重的一方面是指向于其往后的“Guidance（引导）”。

即“天赋＋锻炼”。

“谢谢你，涅普西斯。”

青年没有再说些什么，只是抬手搂住了女孩的肩膀。他想到的、一再想到的只是米尼斯提里欧斯，那位与他在森林的小屋檐下相伴了十余春秋的年迈猎鹿人，那位不论何种时刻皆是勇敢地远望着前方的外族老兵，而才开始揪起心脏中积淀着的悲痛酸楚失声地哭了起来。

他这才意识到这份担当起他人未来的沉重感，而更何谈是里维尔西斯，乃至整个北盟的未来。

涅普西斯不知所措地站在原地。这位稚幼的女仆小姐看上去慌乱极了，而极力地想要挤出些什么得以安慰人的话，就从她那个核桃仁般大小的可怜的词汇库里。但那脑子里叽叽喳喳蚂蚱乱飞使她愈忙乱便愈糊涂，这一口气憋得人两腮通红圆鼓鼓，想也是知道这平日只想着填满肚子的大脑，关键时刻定是抽不出几句讨人喜欢的话，转而一愣蹩了脚硬生生扑在男主人的身前，跌坐地上。

“Je suis……toujours là……（我……还在这里……）”

女仆小姐半跪在地上埋着头，而双手仍紧紧地环抱在青年的腰间。

她看上去害羞极了，甚至难以再抬起那涨得通红看上去快蒸出热气的脸。说实在的，她还从未和人说过这种话，这种好像只会出现在广播电视台深夜剧集中的令人肉麻却意外使人向往的台词，而对她来说就似凑近人脸颊的亲吻那般，一颗蜜桃般大的心脏还在过度起伏的胸腔内怦怦直跳。“哈哈哈哈哈哈……是哪，涅普西斯，Tu es toujours à mes côtés.（你还在我身边。）”青年突然笑了起来，蜷起右腿将上身支起，再重新将女仆小姐搂进怀里，“小家伙还意外地会照顾人呢。”

亚瑟捉弄她那异常怕羞的模样。她迷糊且不成熟，却也始终是秉着一副恒心与责任心而时刻向着自己心目中所认定的应尽的职责行动着。

而相比于那些整日大肆地在广场上宣讲却假作谦卑地称己“略高人一等”的“民族主义”的扬着恶臭传单的施暴者们、高擎着自动步枪与汽油弹而张口便道出“正义感和爱国主义”的“热爱和平”者们和胡乱向民众抛售国家信贷而无意义消耗着国家信用的地方银行者们，

这位年轻的国王更加愿意将他以及与

他紧紧缠抱在一起的憧憬着未来的盟友们的远景，交付予这些尚不成熟却充满活力而正跃跃欲试着想在宽广新大陆的舞台上大展拳脚，诞生于恶言诅咒的泥潭之中而受拥于祝福的孩子们。

那么你又是如何选择的呢？缇娜·亚历山大，即将成为天佑的亚历山大君王中的一员，坐拥着天文数字般庞大金银宝藏的雄狮女王，伟大的爱古芙琳一世。

“远望，还在远望，却始终未曾前行一步。”

摇晃的货车厢间，女孩独自一人蜷缩在角落，似是在堡垒中寻求庇护的那般将中空的刨花木箱堆叠在身体四周，缠裹起挂毯，追寻着那缥缈虚无而正远去着的置己身于黑暗之中也无从求得的冷静与安全感。她在脑内不停地搅动、咀嚼着青年的那句话，一遍遍地将它复述起、回忆起，深深地在无人应答的死寂之中凝望着身前那个于视野模糊间不断扼紧她咽喉的人影。

“请……不要这样看着我。”

车厢内没有灯，也鲜能瞥见可以投出些外界光线的透明，而是仿佛将厢内与世界隔绝起的那般封闭和凄惨，但这正合她意。

她想自己是逃跑了，从那个只对她致以恶言的男人身边逃走了，就像从众议院、王城区、亚历山大间脱逃那样，置责任于不顾了，置使命于不顾了，终于再抓住了那仅属于自己的时间与自由。可以再玩乐了，可以再欢笑了，再不用去看人丑恶的嘴脸，再不用听人恶臭的措辞，再不用应人无理的要求了。

她觉得自己理应是已经幸福着的，至少是奔跑行进在通向人类幸福的大道上的。但令她无法想象的却是，她依旧痛苦着，而甚至痛苦于往日的囚徒般的生活之上。

“我……也是加害者？”

列车北去着。

扫一扫，听本卷专属音乐《Redemption》

第五章

“能替我去买些来吗？小姐。”年轻的主人抬手指了指正驻在面对车站广场十字街口前的几家拉着拖厢的流动商铺，掏了掏口袋取出几枚形态显得有些扭曲丑陋的法林大头银币，然后半蹲着弯下腰来递给女仆小姐。“嗯……啊，我是说是的，先生……”女仆愣在原地，进而再突然无征兆地惊醒过来。其实自她十几分钟前穿过巷子来到邦克林亚当区时便一直是如此，她想自己是要离开这里了，终于是来到了自己梦寐以求着登上归乡列车的那一刻，但却一点儿没有感到有高兴或是愉快的心情，双眼失神而长久地望着眼前的虚空。但她很快便恢复了精神，点了点手里的银币，抬起头向青年问道：“您有什么不吃的东西吗？苦的或是酸的……”

“没有关系，只要你喜欢就可以。”他摆摆手，“快去吧，我在原地等你。”

亚瑟远远地看着涅普西斯跑向车道对边，看她奋力地踮起脚趴在能让店主看到的位置，还一面跟这些大人们讨价还价的样子。谁都是喜欢活泼可爱而又充满着春日活力气息的孩童的，这也恰恰证明了这些孤傲地俯视着戴尔悉平原的高等人种同样拥有博爱且善良的心灵，同样以双足伫立于大地。

“主人……Maître.（主人。）”年轻的主人显然是看得有些入神了，以至女仆小姐一直走到他的跟前伸手轻轻拍打他的肩膀，他才从这挥发着迷迭香草与樱树恬淡清新的幻想中恢复过来。“是薄荷饼吗？还有龙尼尔的干制葡萄。”这确实是令亚瑟有些意外的，他以为女孩会在玻璃商品柜琳琅满目的糖果脆饼中艰难地抉择着，并毫不顾忌地将他给予其的法林银币花费在这些昂贵且甜腻的精致蔗糖制品中，他想任何孩子都会这么去做，况且他也允许如此的。“不喜欢吃糖吗？”青年尝试着问着，从她手中接过袋子仔细看：其中装着些即使变得干冷也依旧好吃的薄荷饼、下游平原龙尼尔特产的干制葡萄和由纸袋分量包装的青茶叶。“不是……”她伸伸手从袋子底部翻出一包统一以刀片切割成小块装在纸包中的麦芽糖，“我想您或许是想吃些清淡些的零嘴的……”她解释着，“如果您不满意的话……”

“啊，不用了。”亚瑟没有再说什么，而是稍停顿了会儿，伸出手摸了摸她的肩膀。

幸运的是，这些懒散的检票员与警卫员并没有找他们的麻烦，或说只是在疲于应付着头上时常刺痛人神经的例行检查罢了，他们并不会一一仔细地翻开你的兜帽或是裙子检查你是否长着犄角或是尾巴，也不会特别在意你的大背包里装着些什么。这对于正发愁着要如何携着女孩进站的亚瑟来说无疑是一件好事。两人在喧闹的候车厅里逛了半圈，便已看够了那些只会戏弄贫乏小把戏的卖艺人表演和流氓痞子间的谩骂斗殴，然而也不乏有许多流窜隐匿在混杂人群间的扒手，守在大皮箱旁疲惫地酣睡却时不时地被惊醒的小资本商人，低头自顾自看着周刊的老头，哭闹着向父母讨要玩具糖果的

TICKET OFFICE 15

幼童，以铁锁链拴束在栏杆边而蹲坐在地上的奴隶和他顶着啤酒肚腩的饲主。而其中的气味更是恶心至极，那就似是把香瓜子的咸涩、香水不自然的香精甜腻、汗腺分泌物的酸辛、啤酒的苦辣、将凝血液的刺鼻腥臭和纸箱特有的油印气息如糨糊般吵吵闹闹地搅拌在一起，一阵阵地随着人群的热浪刺激催发着咽喉诱出干咳呕吐的预感。

他们很快地穿过候车厅登上了站台，然后匆匆地钻入了拥挤的二等宾车厢，刚刚进入这窗门紧闭而反复抽压着气息，难以流通的机械制冷环境或许会稍许有些不适应的，但怎么都是要比站台上的味道来得好些。

“Wikili”维基利运输的长途列车通常都是设有软硬坐卧之分的，它们被分别设置在不同位置的车厢内，贩售的票价也不尽相同，从而为不同层次的旅客提供与其相应的服务。其中还有固定在列车中部分时段为乘客供给丰富营养餐饮的饮食车厢与流动于各车厢由乘务人员推行，为乘客提供便捷的服务的购物车，餐车全天24小时工作，即使是在午夜时分仍时刻准备着为不速之客奉上精致的餐点，且不仅限于南方的佳肴，其所涉及的所有服务地域包括八洲、切诺·布兰德、夏里、戴索罗斯、帕尔卡斯特联合，甚至是卡斯兰卡尔特的地方菜肴，这些皆是足以称道的。

“请给我一盒香烟和火柴，‘芬诺郡’的就可以了。”

年轻的国王唤来乘务员，向她购取了一盒芬诺郡牌的香烟。它价格不算昂贵，以透明塑料薄膜封装，仅在内侧以简练的黄纸绘白霜样纹案体现出标牌，一包12支，纸卷前端呈红褐色，滤嘴为白色，是最早一批被引入南方并受到当地人广泛喜爱的北方香烟。亚瑟知道只有在这里才能买到它，却并不是打算自己抽。他很快地将烟盒塞进胸前的口袋里，然后从大衣内胆的夹层中取出一枚表面浮刻着精美百合花纹的厚实的银币，递给乘务员，而将涅普西斯暂时留在了软卧包厢内，自己移步缩进位于车厢前端的吸烟室。

他从口袋中取出老威尔的金属打火机，指尖在盒盖上轻轻刮蹭了两下，打起火点燃香烟，放到不锈钢座椅的边沿并用打火机压住以防它跌落。

“你就当他在这吧。”

亚瑟扭头看看那支正慢慢隐燃着烟草的卷烟，叹着气，再抬起头来，整了整因在拥挤车厢中行进而凌乱了姿态的衬衣，一面盯向面前那位正顾自看着手中那本《太阳日》的年轻女人。

两人没有说话，而都只是互相望着对方的膝盖，长久地保持着沉默，闻那空气中弥散着焦油与尼古丁颗粒的浓重且刺鼻的辛辣气味，以及从女人身上渐渐沉淀下、浅浅地凝结于地面之上的那股纸质书籍特有的书墨香。阳光下透出似是流苏般优雅旋舞着的金黄色以及与光影交织闪动着的似芙蓉红般沉静却聒噪的微粒的耳语。

国王一直等到烟燃尽，待到最后

一截衔于滤口的灰烬在作响车厢的剧烈晃动间坠向地面，火星在无闻中悄然熄灭，纸页与书签稀疏地发出轻柔的摩挲声，高跟鞋平踏于地面，窗门关紧了。

他站起身来。

待亚瑟回到软卧包厢时，女仆小姐已经泡好青茶端坐在位子上等他了。桌上清楚地陈着几样她用小刀分割成方便入口大小的茶点，并一一用短签串好，摆放到瓷盘中，看起来玲珑小巧精致可爱的样子。她趴在密封的玻璃窗上，好奇地望着窗外远处江面那些惊飞的白天鹅，从水面上猛然扑翅腾起，飒爽地甩动着身上丰满靓丽的雪白羽绒，展翅大摆臂，水滴溅洒而似宝珠金光粼粼，浴于春光下，奕如雅范佳人，惊人难以脱情意。

“我亲爱的涅普西斯，请听我说吧。”

国王轻唤着她，从大衣里掏出一本封皮褶皱但少见污渍的《太阳日》，轻轻地拍在桌面上，并以指尖推动书沿将它递向了涅普西斯。

“是的，主人。”

“我想将它赠予你，以庆祝你的重生。我希望它是信仰，却不应是锁链，而将它所分享予你的，真实的、纯洁的一切作为你新生时塑造躯壳以寄宿灵魂的建材。在你清醒时，时刻束缚紧精神以专注于现实；再至于睡眠时，则放肆其尽情大胆遨游、创造。它可以是美丽的，或是以另一种美丽的形式表现于现实与虚幻之中，它是正义，但不妨也是狭隘，是虔诚，但不妨也是愚笨，是疯癫，但不妨也是洒脱。而这一切都是由你来决定的，你已经自由了。”

扫一扫，听本卷专属音乐《Redemption》

第六章

现在唯一能想起的，我至今最挚爱的东西，只是这一份长长的录音带和她那用残缺手臂勉强撑起嘴角的微笑。

门外下着倾盆的雨，而屋内只有一个正熬煮着甜丸子汤的瘦老头和一架失魂落魄的小机器人。是的，后者是我，一架产自托尼斯堡华涅珥工坊的 RelieF. 型人形机械，简称 R.F.。据工作人员说，这一型号的人形只有我一个，而实际上似乎也确实是如此的，因为工坊的成员宿舍二楼尽头的房间里空荡荡地只住着我一个，附带一套木制的办公桌椅与书架，还有一只搪瓷水杯。

直到她搬进来。

“早上好！这里是 Metal I 系统 HK 型序列 073 号。”

我首先看到的，是她那洋溢着自信的自然笑容。

其实在此之前，“人形”这一词在我的印象之中尚停留在“死板”以

及其诸多衍生的词之间，她们如工蚁一般有序地执行着一切从指令平台上下达的命令，不懂得交流与人情世故，而只不过是多一件装载了所谓“ELFPUTER（精灵脑）”的金属制品，与石头制作成的哥蕾姆所有多大的区别呢？天选的我与她们可是不一样的，这些量产的次品怎能和我主的杰作相提并论？我可一个人住在这间大房子里。

她拖着箱包搬进来了，而房间里也只不过是多了一张木椅和一口印着“热心”二字的搪瓷水杯罢了。

“在往后的工作里，还请多关照。”

073 长得挺可爱，这是我主观得出的结论，以致我能够在人群中一眼便辨出她来，但却无法确凿地解释出其中的原因，明明所有的 HK 人形都长得一模一样。

她的大箱包里装的全是书，再则是从外国带回来的杂乱的七彩书签，箱包上贴满了各种用不同文字印写的旅馆贴纸，城市地图也被折叠整齐并用皮筋扎起，统一塞在箱子的角落。明黄色的风衣上用黑色棉线绣着等线字体的序列号073，而侧边则是斑花的白色反光贴条。

这位年轻的工作者原本是与雇主一同奔波于海外，而其雇主由于工作调度的关系，前段时间解了与她的合约，正好她也有了自己的新想法，便从合作社脱离出来了。但我想我大概是不明白的，毕竟一直以来我都是待在这一间大房子里的啊。

“未来？什么是未来？这一类问题，最好抛开。过去是什么我们都弄不清。在我们的头脑里，这方面也应该紧缩。”

这是她念给我听的书籍里的片段，当然她还给我念过许多这样的东西，而且大多都是来自影片和书籍的。我说我没有诸如放映机之类的东西，她便执意要与我分享。分享那些我从未曾看见过的自由都市里高耸的楼房大厦和高举着向日葵欢笑的人民，分享那些我从未曾到过的蔚蓝海洋上蹦跃滑翔的飞鱼海鸥和横跨海湾的古老长城，分享那些我从未曾品尝过的少数民族美食和能够使人振奋精神的调味香料，分享那些她所经历的奇妙却是确实发生在了现实生活中的故事，分享她拍的照片和平日里喜欢收听的电台节目，分享她所喜爱并受用着的哲人诗句。

“古哲人们都说幸福源自安宁，他们认为人类的不幸是源于欲望，源于虚荣，而若是想要得到幸福，就最好什么都不做，也什么都不想。但你想这样该会有多无聊，且是多么没有意义的呢？人活着本该是去实现自己的价值啊。”

她说自己的幸福是来源于行动的，而愈是感到身体上的疲惫，心灵上便愈是幸福。她是把自己当作一个真人在生活着的，并且脚踏实地地去感受这个世界。主赋予了她一颗富有人性的心脏，那么就是绝对不可以随便浪费时间和生命的。

多，但能做的事情却少得可怜。人类所用于打发时间的，美食也好，金钱也好，性也好，我们都是无法体验并理解其中的意味的，但却能够确切地了解到其中正侵蚀着我们心脏的那份无聊带来的恐怖和孤独。

但她却是如此说，并说到做到了。

“幸福是大胆地去追寻，并享受过程。”

她说若想要实现价值，好的方式便是造福，而最好是从医。世上尚有太多因伤痛而难以求生的苦难者。她看见了战争，看见了人类的死亡与凋零，看见了挣扎于世界污浊、世界黑暗而无能为力的有志者，看见流窜街头的爱国主义者，看见横死大道的民主主义者，看见背负着沉重箩筐的饥瘦孩童，看见因宣讲和平而丢去工作的教师，他们本该是这个冰冷世界的真正主人。她承认这或许确是逆流而行，但她已经打算将自己献给国家了。

你说她又怎是不迷人的呢？

“我的主说：若是想要挣脱枷锁，

唯有用暴力。”

她信仰哲学。她说，哲学是介于神学与科学之间而受影响于政治和社会的学科，而在探索真理的道路上自然是少不了哲学的，既然她已经决定要像一个人类一般天然地存活并造福于社会，那就必是哲学不可了。

她是一位优秀的传教者，这是确实的，因为我已经被她的智慧与超然所深深迷恋了。我的确相信，一位优秀人形是拥有无限可能性的，但我从未曾想过她就离我不过半尺远，我曾经还以为那个人将会是我。我不知自己是如此狭隘的，我甚至一度以为这就是世界的全部了：一整书架的图书。

我想我最好是抓紧时间行动起来，门口的大风正在刮呀！这正是出航的好日子，我可以顺着风一路飘到卡门去，然后吃一点当地美味的蒜汤再考虑接下来该做些什么。我饥渴得难耐了，好想快点去看看外面的世界。

但战火很快就烧到了我们的家门

口，工坊的宿舍也便开始时常地挤满了各种型号的机器人，甚至还有人类，但我却从此再未看见过他们的影子。这些人就好像只是在这坐坐罢了，然后就都各奔东西，各忙各的去了。

我还不知道那究竟意味着什么，战争是个怎样的熔炉？在我所接受的教育当中，当然他们也没有明确地去说，战争是贵族们顶着银铁的枪锋，驾驭骏马驰骋沙场，而愚笨的敌人就好似草人一般地应声倒下，从而彰显出伟大的人的光辉事迹。我们的课本上从未曾跟我们提过有人会为此流血啊，他们怎么不提到那些真正解脱于现实的生活而开始为了那未来的虚幻幸福日子奋斗着的工作者们呢？

我很想和他们一起离开，从这大房间里逃出去，从这间舒适的金属囚笼里逃出去。人与信仰应当是两清的，且确是要脚踏实地地步行于现实的世界当中，而只是拥有梦、拥有理想是绝不足够的，还应当要有去实现它的过程。

但我的主又怎会同意我的妄为？最终我只不过是一件摆放在透明玻璃罩之中的精致艺术品，是杰作，从此便只是存在于现在了，再往后则是存在于过去了。

她也要离开。

她说，自己是要去实现自己的梦想了呀。

“可以做梦的不只有在睡眠之中，真正的幸福者应当是也在现实之中做梦的人。”

转身，把门关上，如此简单地，我就把她送走了，而少去的也只不过是一张木椅和一口印着“热心”的水杯。

风扇一样地转，地球一样地转。

待她回来的时候，是装在箱子里的。蓝衣服的工作人员说他们只是想让我再看看她，随后便会马上装上车运回工坊里拆，且说她这是重生了。

但战火还在烧，孩子们还在挨饿，爱国的人们被绑上十字架，自由的人们被关进囚笼。

她这是实现了自己的价值吗？

我可不相信重生，我的主也不相信。那具空壳里最终是没人驻留了。她离去了。

与她同行的那些小机器人们已经被丢进炉火里烧了，我想她或许也会是这样。但又有谁会去祭奠她，想念她呢？拆完后不过只剩下零件！只有主会为我们哭泣，只有主永远都祭奠那些为了和平和幸福奋斗着的小机器人们，只有主是无私的，他还在望着她。

但她却如此说：

“为何我们是以金属制成？”

“因为倘若如此，我们便可以以更加温柔的方式继续存在下去。”

“我们是人形，我们是 Executor-Elfputer。”

“我们是主的代行者。”

扫一扫，听本卷专属音乐《Rebirth》

第七章

从这里向东步行不过十五分钟，大麦场的尽头，是一道矮矮的白围墙。

围墙不过三米高，顶上是密集缠绕着的铁丝网，底处还与地面隔着些距离，人若是伏在地面上，侧过身来便是能够看见对岸的样子了。当然这里的草早就被人扒着吃光了，所以光是从地上瞧也是瞧不出有什么区别的。

我们几乎每天都要开车从这里经过，以前是同 073，现在则是独自一人。出了工坊的大门向右走，不过二里路便能看到墙，而再向前走就是的卢城。那城不大，相较于丹松就更是僻小了，但至少五脏俱全，还全都通上了电，基本的生活用品和食材都能够在市场里找到。再向南边走几里路还有个小学校，医院建立在市区的中心，若是有闲情，还可以买两张电影票坐到剧院里去赏赏，那儿的楼下有家不错的汉堡店，里面卖着 073 最喜欢的牛肉排汉堡配黄芥末。

我清早便出发，正巧在去到市场的半路上能够赶着看到日出。晨光从路旁秃着头的桦树枝杈间穿过，看起来是像极了丹松白教堂哥特式风格的高塔的，而与其说它们是一棵棵顾自竖立的骷髅般骨感的乔木植物，我更愿意将它们看作是一尊尊相拥交织缠抱而各自展现着独特姿态的大理石雕刻艺术品，将生命的活力包裹在其坚强的皮肤之内，即使在透骨的早春的空气中也仍是蓬勃地绽露着那壮美男子般勃勃生机的肌肉力量的。

它们面着墙，背后则是麦场，再向后是太阳，而中间空出的部分也自然地被认作是大道了。它延伸着进了城，后又出城，一直到丹松会横穿过三座城市，但却不曾是有弯道或叫人原地止步的巨石，笔直地指向着东方，大教堂主塔，玉髓时钟上衔着的闪亮银星，燃烧的朱庇特。

的卢也有教堂，平日里由修女们打理着，而每到节日，邻城的安弥耶神父便会乘巴士下到镇里来讲道，结束了仪式还会给孩子们讲故事、分糖果，大家都很喜欢他。这里的教会不时地会收留从东边钻进来的

难民，有男人也有女人，虽按照规定这是不被允许的，但工坊并没有实质的权力去管，便只是时常叮嘱着。我这次进城其实也是为了这件事，是安弥耶神父打来了电话，此前是格蕾修女给他打的电话，据说是收留了怪物。

教堂在城郊是相对新的建筑，而距最近的电车站少说也有八九里的路程，据镇长说这是为了不破坏城镇原有规划而选定的地址，并特地拉了电缆进到教堂好让孩子们能在晚上读书。我把车停在陈先生的农场前，步行靠近教堂，说起来可能有些搞笑，这是因为我不想那怪物弄坏了工坊的车。

当我到那儿时，格蕾修女已经站到教堂的门口来迎我了，只是迟迟都没见到她口中说的那个怪物，这令我有些不安。

“怪物？她在做告解，神父也在里面。”

我不懂她的意思，也难以去猜想她所描述着的东西。要我说，我是不害怕妖魔鬼怪的，我可不信他们骗小孩子的这一套，而且即使有，又何必要去害怕这一类看不到的东西呢？他们又不像人一样地害人。但修女却坚持要说那是怪物，说她打扮也奇怪、说话也奇怪，还总吓唬孩子们，又有偷东西的习惯，她常会在厨房里看见那家伙，并几次亲眼见到她正要开火。

我坐在他们平时做礼拜的长椅上，等着安弥耶神父从告解亭里出来。从里面看，这教堂还真是挺大，礼堂的穹顶由三瓣拱门状的梁柱支撑着，两壁垂下四扇透着缤纷五彩光芒的彩窗，东面为暖色，西面则为冷色，嵌绘着斑斓美妙的图案，是模仿自布林坎伊尔的圣荷马大教堂的。再向身后看去，大门的两侧，是两尊对视着的大理石雕塑，倘若从大门看，立于左侧的是伊戈玛，而右侧是罗德尼，分别手持金鸡纳木杖与银壶，当然在这小堂里是没有实物的，于是便拿了瓷瓶与桦木杖以代替，一心参拜救世主的虔诚总是长久地存留于内心的。

坐在这里时常是能听见从内庭传

来的孩子们的歌声的，这是埃米修女正教孩子们唱歌哪。她在平日里还会教他们些语文和算术，是古精灵语与十二乘算法。她曾经到过丹松的大学里学习一段时间，只不过专修的是药剂学与历史，她说自己学不来这些东西，于是在读完了本分内的四个学期之后便再回到教会里来当了修女。她喜欢小孩子，且时常在他们挨格蕾修女骂时替人开脱，也自然地就少不了被她责罚，但本质上还是认同格蕾修女的严厉，只是觉得也许不受孩子们喜欢是因为她管教方法上出了问题。当然，她并不会当面就跟格蕾讲。

安弥耶神父从房里出来了，左手边还领了个看起来十六七岁样子的矮小的女孩，手里抱着个装满了土的花盆。“来，向工坊的小姐打个招呼。”神父停了下来，拍拍她的肩膀让她再稍向前靠靠，而后站到我的身旁。

“名字是……阿……艾丽卡。”

随后神父向我解释着说道，这孩子是埃米在陈先生的田地里发现的，那时她正准备为陈先生送去一些教会办派对时分剩下的蛋糕，而在途经小麦地时发现了昏倒的艾丽卡。她身上穿着黑色的黎纳里长裙，别着银胸针，左手扣有腕表，是标准的亚格贵妇打扮。但你要想这里可是的卢，是托尼斯堡，离亚格可差了好些距离，且早没有以这种打扮上街的人了。在托尼斯堡是没有所谓贵族的。前代霍利恩家主辛瑟先生耗费了大量的时间和精力用于整治前多里安殖民区，也就是托尼斯堡的思想解放，其中最先针对的便是旧朝的贵族阶层，他希望在这一片来之不易的异邦土地上，也能够像霍利恩一样缔造出种族平等、民族平等、社会平等的生活大环境。而现在艾丽卡所穿着的，是埃米修女在丹松求学时买的衣服，那时的她还以为自己能成个不错的医生，虽然确是大了些，但至少是免了不少误会的。只是当格蕾修女说起要打电话给工坊时，她还以为是叫工坊的大兵来抓她走，便和格蕾修女大吵了一架。

但要说她是怪物，埃米修女却也

是赞同的。据她说，艾丽卡的身旁时常会凭空冒出些东西，最初是几只毛茸茸的玩具熊，而引得格蕾修女以为她是窃了谁家的东西，自然就打骂了她。但后来这些不知来历的东西变得越来越多，小到玻璃弹珠，大到立式钢琴，各种花里花哨的手镯坠饰，甚至还有坦克炮弹与不知年代的精美金币，她才开始意识到事情的严重性。这似乎是一种不可控制的超自然的力量，就连艾丽卡本人也无法解释清楚，这让所有的大人都很不安。

安弥耶神父是前天上午才赶到镇上的。也许是他并没有像格蕾修女那样夸张地表现出来，他看上去要比旁人冷静得多，也刻意地尽可能不透露出恐惧的神色，他想那大概是会伤害到艾丽卡的，所以希望自己能比旁人更显示出一种可靠的形象。刚才他们在告解亭里时，艾丽卡大约向他陈述了四百余条由她自我省问而得出的大小罪状，包括她无意对修女们表现出的愤怒，她没有经过同意便擅自使用厨房的疏忽以及寡言少语的漠然，而在结束告解后还不忘向神父致谢。他首先恳求我以及我的主能够善待这位虔诚的信徒，给予她所应得足够分量的尊重与食粮，在她迷惘时及时地指引她走上正确的道路，直到她回归自己所从属的位置；其次，他向我以及我的主保证，她是一个优秀且正直无比的孩子，爱着所有与她或是擦肩而过或是亲密无间的人，真诚且怀抱着感恩之心以对待旁人。但这种孩子往往是生存得比任何人都要感到疲惫与无助的，所以在最后，他希望我以及我的主能够时常耐心地倾听她的倾诉，替她排解心中的郁闷与对信仰的焦渴。

我领着她走了，所有人都来为她送行。尽管她自留驻于此至她离开不过只度过了一个星期零三天，九个共度的夜晚，但我能够从他们的眼中、言行中看出，他们已得出了自我考量的答案。

扫一扫，听本卷专属音乐《Rebirth》

第八章

我牵着女孩的手走在前头，且时不时地回过头来看看她。她看起来很平静，就好像是一个洋娃娃般的，有着一头暗白色的长发和红刚玉一般晶莹剔透的双眼，皮肤如陶瓷制品一般柔和地反射着乳白色的光芒，四肢纤细却不乏肌肉感，而又好似是喷涂了香水般的，身上还散发着一股似是柠檬果酱般香甜的气味，悄无声息地跟随在我的身后，给人一种十分奇妙的感受。

我们的身旁是一大片盎然勃发着初春莹绿色的麦田，这是陈先生家承包的麦场，而再往里走几里路还有一小片种有烟叶的土地。虽离收割小麦的时日还远，但田地里的麦苗早已是按捺不住温和土地中含蓄着的饱满春日阳光能量，纷纷地发了狠、涨青脸地拔高生长，以致那些劳作的先生们甚至还未来得及运来水和养料，它们便早已撑直了腰杆等在泛黄的土地里了。

艾丽卡看起来很高兴的样子，走起路来大摆起手，还一面小声地哼着歌，她目不转睛地盯着栅栏内那半膝高的小麦

苗，步伐也渐慢了下来，最后驻足在了原地。

“怎么了吗？”

我拉拉她的手，慢慢走到她的身旁，目光也与她一同望向了那望不见尽头的青色麦海。

“故乡……”

她稍停顿了会儿，举起手来，将指尖置于地平与境界之间。

“故乡。”

她看上去有一些悲伤，双手也不自觉地合了起来，眼神迷离着、挣扎着，并在虚无的境界里游荡了片刻，在闪烁的模糊记忆中挣扎了片刻，在昏暗的意识海洋中沉溺了片刻，后抬头看向了我。

但艾丽卡并没有急着向我说道，而是静静地等待着，平原的风止了，山谷的风止了，空气平静了冷却下了，再待两三分钟。

她轻叹了口气，却仍久久地保持着沉默。

我也没有说话，而只是转过头去顾自地盯着路旁那道矮矮的白围墙，看它孤独地延向远方视野的尽头，消失在失落地平线的终点。一堵刷着白漆的复合塑料板墙，平淡无奇，而不论你再如何看，即使是望穿了它也是看不出有什么特别的花样的。

我突然想到了些什么，低头拍拍她的肩膀。

“想去集市逛逛吗？”我低下头，看向她问道。

她默许了，转而站到我的身侧，把手背在了身后表示跟随，腕上挂着的塑料袋里装着她一路带来的那只花盆。

我打开车门，让艾丽卡坐到副驾驶的座位上并着手开始帮她扣上安全带，我想她也许是觉得松紧带的弹性不合适，缚得她感到难受了，她表现得十分抗拒，就像只受惊的野兔子般缩在座椅的内侧。我拿她没有办法，只好让她暂时先坐在汽车后座塞满了空纸箱子的窄小空间里，并给了她一个靠枕，好让她稍有些安全感，但总觉得还是缺乏了乘坐汽车应备有的安全性，以致我一路上都开得很慢，还时常地用余光看看后视镜里的她。

她趴在车窗玻璃上，目不转睛地望着窗外闪动着的田园光景，这也许要比从地面上欣赏来得更佳，视野也宽广许多，就犹如唤起了田野景观跟随车辆般的，接连带动起窗前那两颗迟钝的眼仁和视网神经一同快速奔跑了起来，而毫不管顾那些正竖立在路两旁提醒路人的限速标志，让头脑自由地在高速公路上起飞了。我看见麦叶粼粼光芒闪动似水波春色，灌木窸窣鸣鼓乐声如沙锤齐奏，高杆电线延展长臂欲挽抱蓝天，柏油大道平静沉睡思琥珀余梦，时而见有零落砖屋跃于眼前，抛下猪羊牲畜哼唧叫唤，土肥腥臭，再有民工仰躺荫下暂得歇息，蜂农披戴护具整装待发，耕牛游于水田，孩童池塘戏耍，鹃鸟啼鸣，蟾蜍深吟，商贩吆喝，游人颂歌……

她也展开了歌喉，唱起了我所熟悉的北方歌谣，轻缓、动听、纯洁，宛若梅花小鹿雀跃舞走于山谷涧溪，耳旁衔着铃兰花，头顶常青叶冠，只可惜我无法与她共吟，她正唱着的是我不曾收录的语言。

“Hoe enthousiasme! Hoe enthousiasme!（多么热情！多么热情！）”

她这是在跳舞吗？在她的心中。货车的后厢空间确实窄小，但这并不有碍她大放开手臂张扬地起舞，她的自由并不只是限制于她的肉体与她周边的余间之内。

我想自己也大概已经开始相信她本身的天然，这就好像是孤自净身缓步入幽清涧泉中一般，我靠近她、亲爱她，欲融入她的快乐却又不忍去惊扰她，珍爱却畏缩着，向往而远离着，观望着，贪羡着，享受着。

要我说，她可真是迷人。

“艾丽卡，我替你照张相吧。”

我唤她走向前来，站到缤纷长铺彩龙的前头，再从市场边贩卖花束的姑娘那挑了几朵含苞的紫罗兰，用报纸包紧后交给了她。

“看过来，嗯，微笑。”

她显得有些不知所措，抱着那捧满溢着姹紫油彩的鲜花蠢蠢呆愣着，时不时甩甩裙摆又理理头发，像只走失的猫儿般地挤着半身窝在花店的一角，盯着我手中正持着的那台拍立得相机，从镜头中看就犹是迷茫在斑斓花丛中的森妖精，头顶还散着斑驳的白藤光影。

我暗自想着，等回到华涅珥后一定要叫织坊的岛崎太太替她做一件漂亮的裙子和一顶草编的宽檐帽，到时她一定会美得惊人，就像是赫鲁·塔巴赫曲中那伫立于昏晚池塘的高傲的火烈鸟一般，爆燃起所有目视她、想念她的人的心脏，她如浑然天成的美物，这纯然以及她能够与织物完美契合的天赋，使我自愿将理智抛到九霄云外去了。

再说，我甚至不该用这些粗制滥造的人造物去玷污她。

我们渐走深入了，一路上只买了些日常的零嘴和我自作主张要买给她的礼物——一只带青釉的小瓷杯，但手中倒是提

AQUAR
Special!
Bienvenue

RDIN

了不少热心街坊朋友们送来的谢礼。他们感谢主与华涅珥为解放多里安所付出的一切，嘱咐着要我替他们向主问好，并将这些微薄的礼赞赠予工坊中所有辛勤工作着的员工们，皮匠家的小罗伯特还说他明年会再继续争取聘入华涅珥，他有自信将自己磨炼得更加优秀。

艾丽卡一路跑在前头，掀动头顶五彩帆布捉弄光影，叩击风铃，而集市人流喧闹杂乱便若耳旁春芳随风轻轻逝去，再不会引人回首关顾，扰乱心宁。商人是最富有活力的人们。我的主常说他们是时刻保持着充足氧气的优秀潜航者，同时且是拥有如猎鹰般锐利双目的强悍捕手，他并不会讨厌那些身着肮脏、充斥着浓烈劣质香烟气味皮衣的精明者们，也不会厌恶那些时常糊着泥水与汗液的劳动者的面庞，或说他正是自满着能够与这些平凡但不愿屈服的辛勤者们一同劳作，以致他竟在离去时抛下长叹遗憾，

感叹人生时日的短暂。

他们是不会祈祷的一群人，他们

只埋头苦干。

但是你看哪，这集市花鸟瓶罐锅盆果蔬芬芳的辉煌景观，又怎会亚于那法洛第的教堂高塔与宾梵斯特的国会大厦呢。

这也是我们所坚信着、守护着的天然，并尽己所能地赋予他们所应得的或是思维或是自由或是节制。我们或许已经穿越了苦难，但离那幸福的日子却尚是遥远的。

“是哪，是故乡，那耶凡后庭玉藤的怀抱。”

“是哪，是故乡，那麦田波浪金黄的尽头。”

我不由得加快了脚步，大迈起步伐追逐上去。

第九章

“怎么了？”我见艾丽卡停下了，便用拎着苹果的左手靠靠她。

她站在半坡上，双目长久地攀在远处爬满长藤的石墙边，树藤缠绕密集的铁爬架旁，墨绿的荫影下，提着果蔬的双手也随之渐渐放松下来，将塑料袋轻轻地落到石阶上了。

我听见了琴声，榔槌击奏钢弦所发出的清新鸣响，她透着玻璃块状半透明的青黄色光线与春色寻进了我的耳畔，与周遭的绿色植物们协同共鸣着，与突兀的花岗岩砖混杂交响着，这就犹如与春之女协奏着一般，他弹奏着附和有雨珠的音符，漫步在柠檬色的梦中。再回首，她回顾山脚下那土黄混凝土筑的庙宇群落，那随气候漂浮的四叶风车，以及高山雾云般笼罩在城中的那若宝玉原石般沉闷闪烁着青蓝微光的市井人气，鼓动起山风扑面而来，吹乱她亮洁雪白的长发，缭乱她百花缤纷的衣裙，而随风琴音亲吻她，向她密语，再则是引她回神注视远端灌木藤林中藏着的石砖小屋。

那是贺瑞医生的小别墅。这里平日是没有住人的，而时常会有他从城里雇请来的保洁工人进屋打扫，只是他从不让他们碰自己的钢琴，就连调弦也向来都是自己动手。我想这定是医生回乡来住了，他也差不多到了该退休的年纪啊。

我按动门铃，想去向他问个好。

琴声停了，再稍过了会，一个戴着金属框眼镜的瘦高男人给我们开了门，他身上披着花睡袍，像是刚出浴般的，脚上还踩着木屐。

“啊，失礼！”他主动动手将袍子裹紧，一面迈开脚步引着我们进屋，“我叫贺涛松，是贺瑞医生的长子。”

这屋内看起来要比从屋外看大许多，贺瑞先生将主厅的天花板打通并衔上不规则长短的玻璃斜柱，而不论是透过自然阳光或是灯火，都可以将其营造出树荫斑驳的美感与宫廷般敞亮奢华的感受。他将自己的三角钢琴摆在面着庭院的玻璃窗前，整出浅坑梳理白沙，做出微观的枯山水庭院景图，铃兰花似的地灯驮着腰对在琴椅的右侧，让琴者得以在晚间也能看清谱面。

我们安坐在主厅的茶座上，脚下踩着奶牛皮毛毯，待贺先生取来茶叶和杯具。放眼看去，你能够十分清晰地看出贺瑞医生个人的收藏品味：楼梯墙面上挂满了他游走各地拍下的人文风景，梯柜里有序放着以各种语言撰写的或是手抄或是印刷的藏书，茶具使用的是青花瓷，座椅几乎全部包裹有真皮，留声机旁栽着高大挺立的龟背竹，无不展示着他对于那些富有时代意味艺术品的喜爱。

贺先生从铜罐中取出茉莉花，放在已盛有温水的玻璃壶中浸煮，而后将留声机的唱针归位，放起巴嫩希尔的吉他民谣《奥米西林》。“我也是前段时间才搬到的卢来的哪，应我爸的要求。”他替我们每人倒了一杯花茶，然后搬了张木椅坐到茶桌边，与我相对而坐，“他去北方了，据说是要去参加北伐。”

“我爸他……参加过不少这种活

动。”他皱皱眉头，端起瓷杯呷了一口茶水，转过头去看了看正挂在身后楼梯墙面上的那些照片，平放着的手也逐渐握紧了，然后猛地回过头来，“但不是热衷，他强调说自己那是在赎罪……嗯，向主赎罪，他的主。”

“我爸并不喜欢这些照片，这总让他想起那些痛苦中的人们，想起战乱。但他却逃避不过，他还想要记住这些人，并说着：他们赋予我勇气。”

贺先生显得有些语无伦次的样子，茶水喝了一杯又一杯，还焦躁地抖动着大腿，顾自地说起话，又顾自地沉默着，无措地叨叨自语，再则是一味地恳求得到他人的认同。和他那孤僻的老父亲不同，他住不惯这种僻静的地方，但也不喜欢闹市。

我没有挖掘他人思想的兴趣，但同时也无法阻止他继续说下去，他那行为更似在倾诉，向自己的内心，挣扎地在交流中得出自己的结论，并说服自己，尊重他父亲的选择。法兰龙格作家阿巴隆·利安德尔曾在写给他儿子的信中说："拿去吧，我把我的钱都给你！相对的，你要给我自由，让我去做我自己想做的事。"贺瑞医生并不希望事情演化成那样，但他正是担心着，担心涛松先生会为自己的选择做出什么出格的事，而早早地将自己的小宅和一生的藏品以及积蓄全部抛给了他。当然医生可能并不知道，他的儿子是一位多么富有自知与人理道德的人。

"他说，人们总乐观地思索理想，而悲观着面临现实，不相信英雄的存在，但却总渴望英雄的诞生。"

两人沉默了，像是在暗自思索，其实是在互相等待着他人的发言。我深知着自己无能，深知这张笨拙的口唇确是无法终结面前这位孝顺儿子的迷惘，而在人情世故的泥潭之中，不成熟的我所能做的只有倾听和思考。

艾丽卡突然说她想要试试弹奏钢琴，这使人几近窒息的气氛也总算是有所得到缓解。贺先生当然没有拒绝，他掐去留声机的唱片，顺道又从柜中取了罐新蜂蜜，添在茉莉花茶中。

她开始了弹奏，双手在高音区快速敲击着，就似百灵鸟的轻啼声般，有意留心着键下的余味，让弦音在厅堂中短暂回响，仅留下干净利落的尾音，将她在歌唱领域所独具的古典韵味表现得极致且富有技巧性。她演奏长墙的恢宏与温柔，从百花盛开的金杜兰出发颂唱起长墙岭彼方欢送战士出征祈祷胜利的祝歌，描绘那片广阔的异域疆土，荒河大漠中央清凉绿洲的生机，孤寂的驼铃，难得一见的游牧人的城镇与原住民的热情，黄沙下蓄流着的甘甜地下水与牧土牛奶浮出的香甜，手掌死亡滞缓降临之权的长墙信徒们的慈悲以及满溢死亡的战争残酷。她是位优秀的游吟诗人，无与伦比的倾诉者，这一切犹如即兴般的演奏，其实直接映射着她往日的见闻与生活，她的狂放以及悲观主义……这令我难以想象她的过往，她真是如她从外表所表现出的那般不染世俗吗？

她还要向前走，她已经翻越了薇岭，接下来就是踏入松门，奔向海洋了。

“它叫什么名字？你的歌。”

艾丽卡将手从琴键上撤下，低头思索了一会儿，后随双目将思绪投向了墙面上的那些照片。

“Eerbetoon aan de Nieuwe Ogilimuir，长墙颂。”

第十章

我知道她要离开，这是终将来临的事情。

但我并不会因此而囚禁她，不论以何种方式，

我想那或许就像是将夜莺关入金属鸟笼中般，

她会歌唱，不止地歌唱，在那灰白寂寞的尸骸中，

在那血河淹没的囚笼中鸣啼着窒息的歌谣。

——安迪尔·马龙《花园》

我们从贺先生的家里出来时已是黄昏，集市中大部分的商铺也早已关门打烊了，空荡的街道上只看见几位正搬着泔水桶上车的工人和追赶鸭群回舍的农民。他们将原本向外伸出的那些花哨颜色的遮阳板收起纳入天花板间的夹层内，将外放的推车或桌板用黑布捆扎起，倚靠在墙边，而本是热闹拥挤的集市看起来也便是宽阔轻松了不少，清寂了不少。

随便挑了个餐馆坐下，我让艾丽卡自己去挑选想吃的晚餐，再则是点了两瓶清酒给自己，只是想着自己不论再如何饮酒也是灌不醉肝肠，再如何品味也尝不出它的

辛辣刺激，而后望了望门外大道上呼啸而过的货车，终还是放弃了。

我没有说话，掰着筷子夹了些餐前赠送的腌萝卜送进嘴里，而双眼前模糊地只看见一个窝在丸子铺里听着收音机的悲伤的小机器人，她盯着那台塑料外壳的方盒不止地哭泣着，就像婴孩那样，就像细雨那样。

我怀抱着这颗不安分的头脑。它总使我回忆起过往那些不幸的事情，那些我所珍视的、挚爱的、想念着的却永远失去了的爱物，那些想要忘却而一再反复地游走于脑海中的记忆，那些可遇不可求的机缘，那些使我着迷的、转瞬即逝的美丽，以及自己不曾拥有的那粗劣模仿着的人性。甚至它曾一度使我想要囚禁她，即使我明知道这是自私的、不道德的行为，即使我听从了夜莺的建议，听见马龙花园中那鸟儿不止地歌唱。

我本是理性地明白，她应该拥有自由，就像我的主给予他子民们的自由那样，他放任人们做自己想要做的事情。但他对我却是自私的，就像我将对她做的那样。主囚禁了我，将我放置在舒适的玻璃囚牢中，而使我得以远观外界人们或是贫苦或是富足的生活，却无法切身去参与，孤独地漂浮于现实之上，沉沦于隐世之下，徘徊于思索，却总无法付诸行动。

他想听我歌唱，想赏我起舞，就像八音盒中依靠发条齿轮回转着的小鹦鹉那样，他替我上紧发条，他给了我一切我想要的，食物、金钱、知识、权力、生命，只是唯有自由他不能给我，只是唯有锁链他不能替我解开。他病了，但并不危及生命，它们只是侵蚀他的理智，让他在矛盾的螺旋之中持续反复撕扯灼烧着自己的思维和灵魂，不断地反问着、癫狂着、沉淀着……最终，消逝在了意识海洋的彼端。

我现在知道他的痛苦了，但同样也知晓了自己的软弱，病态！我现在也要像我那亲爱的主一样束缚住她了，她不会再歌唱了！

“艾丽卡……艾丽卡……”我摸索着将手伸到了她的腕边，后再缩回，从口袋里掏出了一枚硬币，竖起放在桌面上，以指尖转动它。

“你……你要离开了吗？”我低下头，按手拍住硬币。

我等待着她道出答复，而双目从紧盯着杯中的倒影转而看向了她，那双血色的红瞳。

“嗯，是的。”

她稍微停顿了一下，后又补充说道：

“去北方。”

那儿的火在烧哪。

她是想去见那正高昂起头的向日葵吗？还是说她只是怜爱百合呢？我不知道。但无疑的是，她都不会再回来了。这总让我看见锅炉，看见正燃烧着的小机器人们的尸骸，看见破碎的玻璃模块，看见赤红的钢铁，看见逐渐蒸发消散着的生者们的灵魂，看见满地泼洒着的亡者们的余烬。

“她这是重生了。”

穿着蓝衣服的工人掀开那张包裹

着纸盒子的黑布，他们说他们只是想让我再看看她，而后便会马上带回工坊里拆，放进火炉里熔。

我知道自己留不住什么，那是不被允许的行为，再说那也不过是一件无意义的事情，一件浪费感情的事情。但我想哭泣，像人类一样地为她送别，却挤不出任何一滴干枯眼泪以哀悼她，与她别离。

我拆开盒子，看见她那被炮弹炸得残缺的半边身子，冰冷的心脏微弱地一再重复尝试着点起火种，但她体内的油和水已经干涸，就连表面上附着的胶皮也早被高温蒸尽了，目珠也破碎了，牙齿也碳化了，而将手扶在侧脸上，强挤着面庞弄出微笑。

她还留给我一台录音机，里面紧紧卡着一卷正面用便利贴写着“贵族闲聊时光”的录音磁带，那是她最喜欢的，流行于910年，那刻录于她挣扎念想着的纷乱时代的录音专辑。

它顶着放音磁头沙哑地唱着：

“Es ist Zeit aufzuwachen. Du schläfst

zu lange......(是时候醒来了，你睡得太久了……)”

我将剩下的那瓶酒塞进包里，仰头看看小店天花板上正悬挂着的电风扇。

“我替你订张车票吧……走着去确实是太辛苦了。”

女孩乘着 45 小姐的车出了工坊，向右拐，如此简单地，我就把她送走了，而带走的也不过是一阵清凉的风，一首语言不通的歌谣，以及一缕如柠檬果酱般香甜的气息。

她还将会继续歌唱，依那吹自雪峰的清爽空气和阳光，喜悦！然后坠入自然的爱河，文静地疯狂着，弹奏起她的木吉他，提起长裙，而就像天生乐天的安戈洛的喜鹊那般，跳起欢跃的快步舞来。

我也不会再想要去捉她了。我还有这么一大片的花园。牵牛花正沿着玻璃窗沿和它那折射出的七彩光线向上攀着，君

子兰倚着宽叶打着瞌睡，缅栀子兴奋地绽着艳黄的内瓣，展露出前卫的风姿，风信子吵闹地捧起缤纷花朵，睡莲沉寂于水面静待着夜色的到来，而时常还有衔着甜蜜的宾客前来，他们与花卉们窃窃耳语，传达着远方富饶水土的金橙色爱情。

但亭中那白石造就的洗漱台我会长久地替你保留，那里会常涌着水，叮咚地咏唱着泉水活泼的歌，清鲜的歌，撑着蚂蚁们的树叶小船，在水台的波浪里摇荡，打着转，反映着似是有你常在的倒影。

而到那时，我也会歌唱。

扫一扫，听本卷专属音乐《Rebirth》

外典 漫步幻想録

你可曾想象，一个世界，没有人云亦云，没有战乱纷争，没有欺压剥削，一个和平的世界，一个善良的世界。或许她有很多名字：“乌托邦”“理想乡”“世外桃源”……是的，本意上，她从未存在过，只是一个乌有的、幻想中的、从未存在过的国度。但是，那里真的使人幸福吗，所谓的完美的世界真的能给人带来安乐吗？

幸福，是人对已有事物感到满足而无所欲求的最终态，而若是人的欲求未满，其就不会感到幸福，而会愈加焦躁。人的欲望是不会平息的，若是无所欲求，那么就是人性的缺失，那么人便不会再有前进的动力而是安于现状了。

一个人，若想前行，就绝不能感到幸福。是的，这样才有被拯救的可能。

- 纷争的现世 -

剑刃上的血迹尚未凝结，昏花的双眼中只有求生的欲望，纷争未息。

东方，没有光明，没有正义，只有不止的纷争，无尽的杀戮，无尽的征服。刀光剑影勾勒着这个由黑白水墨渲染成的神秘地域，这里的人早已失去了对和平的欲望，他们热衷于集权，热衷于杀戮，渴望征服时的愉悦。放弃了爱，放弃了和平，手中沾满了同胞的血液，眼中只有征服他人的恶欲，胜者为王，败者为寇。

“愚蠢，愚蠢至极……”不知何时，人们早已背离了自己的信仰，所谓的作为剑士是道义。我为生存而挥剑，为了一己私欲而挥剑，我没有舍生取义的凛然大气，剑，成为懦夫的凶器……不知何时，我也成为这样的弱者，放弃了爱，放弃了和平。

“兰蒂斯……”我听见背后有人在敲打着我的剑鞘，这才使得我缓过神来。我把右手搭在剑柄上，左手把长发撩到肩膀上，稍微放松了一下紧绷的右肩，左手紧握剑鞘。我迷惘的剑心，就如光斑在刃口徘徊一般，不知归属。

我站在原地，血液溅湿了长衫，

脸颊上的血污尚未凝结，白刃反射出这个刽子手的面庞。我沉默着，仰头放眼昏黑的天空，而双眼却望向虚空。

我把剑收回剑鞘，将长衫整理清楚准备挪动步伐时，我再一次警觉地拔出长剑。

“是谁，谁在那里！”我大声地吼叫着，神经不禁紧绷了起来，没有人回答，但是我能感觉到人的气息，藏匿在暗影之中。

“你渴望和平吗？”

“你渴望追求爱吗？”

我感觉有人正在拉扯着我的衣角，却发现只是风无端地扬起我的长衫，凌乱我的长发，狂风在剑鞘中喧闹着，发出如萧发出的刺耳的尖锐的声响。是的，我渴望和平，渴望爱，若是此世存在，我便会去追求，用我这脆弱的白刃，用我这一颗微不足道的剑心。

那一刻，像是日光爆发出的巨大能量，白光笼罩了这里，一切都消失了，只留下眼前的一个黑点，我能够感觉沉重的身体正在下落，而由于失重的有关系反而轻盈了许多。

- 闲适的下午茶 -

脑后枕着柔软且蓬松的枕头，身上盖着刚刚经过太阳暴晒的温暖的棉被，床前的早茶和面包发出诱人的浓香，我窝在被子里，把脑袋埋在枕头里，以避免刺眼的阳光直接照射眼睛。小睡了一会儿，我突然开始用手在被子里寻找着我的剑，但被店主的声音打断了。

“抱歉，但是如果你再不起床，恐怕连最后的早点也没有了。”我慢慢地从被窝里钻出，把头探出来，蒙眬的双眼由于刺目的阳光而无法睁开，于是店主便先行离开了，而我又被那一股洋溢着清新茶香的早茶以及烘焙得恰到好处的全麦面包的香味叫醒而彻底地清醒起来。稍稍咂一口红茶，一股醇厚的茶的甘甜令人立即鼓足了干劲，在房内寻找佩刀，而后又听见店主的叫唤声，只得快速奔下楼，并一边答应着。

小店是一栋木质的二层西式建筑，而令人惊奇的是，旅店没有什么客人，甚至可能只有我一个客人。二层外层用细竹丝粗略地搭起一面网。放在一层门前的老船木长椅上，一个长着狐尾的少女正摆弄着手中的小瓷杯，见我来了，一下蹿起来，用那双极富灵气的眼睛盯着我看，然后笑着说道：“早点如何，不如再加点布丁吧！”我笑着，而不禁思考起来，我甚至不知此处是何地，而又从未此般冷静，且又不曾带有敌意与戒心。不可理解，难道这里已无纷争而人们皆安居下来，与现世迥异。“这是你的刀具吧，真是怪人呢，和鬼小姐一样，就如一刻也不离身的宝具一般呀。”她说话的尾缀音很活泼，那弹跳的发音就像玻璃珠一般从口中吐出一个个音来。“鬼小姐吗？她是店里的常客哟！”她似乎看出了我的心思，一面沏茶一面说着。

我把刀从鞘中抽出，刃口的血迹已成碣，而透过日光能看见刃口的水渍，刀身却依旧能够闪出凌厉的刀光。店主递上一杯茶，目光停滞在那把染着点点血迹的长刀上。“果然，阁下很喜欢它呢。而无法放弃坚守的剑士的道义……”她喃喃地低语着，目光也不知何时慢慢地移开了，转向背后的一大片树林。

我静静地将瓷杯中的茶饮尽，耳边老旧留声机的沙哑的鸣声使人内心无法宁静，像是做了什么错事的孩子端坐在原地，把瓷杯搂在胸前，看着她。沉默了许久，见日光渐渐地转向空地，我们便自发地搬着沉重的木椅往店里走。

披上长衫，我将刀具别在腰封上，整理好随行的物品，不过是染血的短剑连衣裙以及刀具，“非常抱歉，但是我身上已经没有多余的钱了……”晚餐时，我们对坐在长桌，手边的菜品虽是美味而两人却皆不用餐。“我是妖怪……你明白的吧，这条长尾巴。”她像是以一种气愤的语气强调着。“很可爱，女孩子的话这不是很可爱吗？我从不相信妖怪的存在，我认为那往往只是人们的迷信与想象。”

我像是说了什么饱含凛然大义的激励人的话语，心中充满了热血，我双手拍在桌上，看着她把头慢慢地低下去。“不，妖怪是存在的……理想乡，本就欢迎渴望安居的人们，兰蒂斯小姐。”店门口传出一阵说话声。“我是塔灵，这个无忧之地的守护者，也是监管者，这里欢迎一切渴望安居的生灵，不论妖怪也好，人类也好，但这一切都源于秩序，是源于安居而产生的秩序。”她从屏风旁走出，身着青白色长裙，束黑灰色腰封，腰佩两把太刀，头扎黑巾留马尾，瞳色青中略掺蓝，微笑而不乏威严，搬了一张竹椅坐到桌旁，店主端来清酒壶给塔灵满上一碗上佳的酒。“上佳的酒配上赤漆的杯，只有绝佳的酿酒师才能制出的美酒，是的。若是再带着一心愉悦，此不是甚佳之事，愉悦之至吗？”她仰头将碗中剩余的酒饮尽，“开心，愉悦，是人生的至高追求，人的一切行为都离不开为内心的愉悦。”

她再为自己充满一杯，又指着一旁早已酒醉的店主，她的长尾巴还在不停地打转，像是欢悦似的，藏在头发下的兽耳也竖了起来，“看啊，若是内心欢乐，那么酒醉后就绝不可能隐藏这内心的欢乐。兰蒂斯小姐，你也要来一杯吗？”她像是劝酒似的端起酒杯，并轻碰了一下我的酒杯，而后自顾自地大口喝起酒来。

我提着刀具慢慢地走回房间，昏暗而空无一人的走廊里回响着我的脚步声，木屐与地面碰撞发出的沉稳而有节奏的撞击声把这无声的夜衬得更为寂寞，在黑暗中，隐约能够看见夜空中星辰闪烁。这里的夜是无声的，没有虫鸣，没有鸟啼，没有蛙声，只有回荡在走廊的脚步声。早早地我便睡下了，没有什么忧心事，但躺在床上无论如何都难以入眠，想是有少许孤寂，心中徒然平添少许烦忧。

既然难以入眠，无事便握起剑挥舞起来，要是在平日，若不是杀人的事，刀具是不会离鞘的，刃上还沾着血礴，刃口也由于保养不佳而失去了原有的刃光。我用粗布沾着水把刃面清洗干净，虽无法呈现出饱含锐利杀气的光泽，但仍旧能够反射出一个刽子手彷徨的可憎面孔。闲来无事我便又熄了灯卧回床上，迷糊着便睡去了，但十分不安稳，脑中眼前似乎还浮现出刀光剑影，耳边有拼杀击打声、刃器碰撞声。隐约之中，一个身披白袍的女子持六尺长剑以刃口直逼我胸口，而刃器未染滴血，刃面光亮如玉，呈现出似是青玉质的青白色，其长发披肩，不露脸孔，显得万分狰狞。

第二日一早我便起床与店主饮茶闲谈，由于宿醉的缘故，塔灵小姐仍在房间内休息，我闲着性子便与店主谈论起昨夜的幻境。“看起来鬼小姐已经去拜访过你了啊。”她显得十分沉着，端起瓷杯把茶水往嘴里送。“鬼……鬼吗……”我像是受到了小惊吓而从座位上跳了起来，茶水洒在了地上。她以一种像是疑惑而又带有笑意的语气说道：“对哦，是鬼哦。”她瞪大了眼睛，装作一种滑稽的模仿鬼的样子，然后笑起来，“鬼不吃人哦，一个很和善的家伙哦。”她又转换语调用略微温柔的语气说着，为我添上茶。

晨间的闲谈很快就结束了，店主决定先回店中为塔灵小姐准备早点和茶水，而我则选择在周边的山林间散步，没有目的地，闲适地步行。林中鸟鸣稀疏，只有偶尔一两声飞鸟清脆的啼鸣掠过耳畔，却无回响，后不见其踪影了。空气也比所谓的现世来得更为新鲜与活泼，还掺杂着泥土与草木的清香，只是掺杂在空气中，而非若洋溢着沉重古典气息的沉香的浓烈的香气。可谓是自然的、无人为的地域，我开始敬畏起这名为“理想乡”的地方了，至少不是痛苦的，令人满心不悦的纷争的现世。

树林的尽头，是一条曲折的土路，其只是人走多了而成了路。我远远地看着，回头又慢慢地走回旅店。

回到小店，虽还未日落，而由于林间昏暗，提前点了灯。塔灵小姐已经坐在小店门前的迎风处吹着风喝茶了，她散着头发，而被山风吹得凌乱，显得少许随性。“今天晚上想吃些什么呢？兰蒂斯小姐。”店主正准备烹饪晚餐，她把那条摇摆的大尾巴塞进裤子里。“吃点不同的菜点吧……随你喜欢。”我是这样回答的，一面铺上餐巾坐在长桌旁等待，还一面与塔灵小姐闲聊。“林子里的空气十分新鲜，不是吗？兰蒂斯小姐。”她一面说着，一面用筷子搅拌着小碟里盛的香醋，还不时用一支筷子沾起一点尝。店主推着小推车从厨房钻出，可以闻见一股用火焰快速炙烤而不失其鲜香味的鱼的气息，而后还有别样的酒味，还有胡椒那种使人清醒的辛味被鱼的油脂所覆盖的奇妙味道，这甚至是无法想象的料理：鱼的表皮已经被火焰烤得酥脆，而鱼肉却依然保留着自然的鲜嫩，其中衬着微微的酒味，同时保留的是鱼肉原有的鲜，还有表皮上刚刚淋上的柠檬汁的酸味，每一层都有着截然不同的味道。若是不能精确控制温度的厨师，是绝对无法做出如此奇特美味的食物的。

而塔灵小姐只是在一旁看着，时而抿一口小杯中的酒，“你的作品，看起来很受欢迎呢。”塔灵看看坐在一旁的店主，她看起来非常开心，一种无法掩饰的，受到他人赞扬而露出的发自心底的笑容浮现在她的脸上。

那晚，我并没有睡着，只是在床上躺着，望着天花板，而双眼却似望着虚空。不知不觉地，眼前却似能够看见刀光剑影，在黑暗与虚空中乱舞，耳边还不时听见刃器撞击的尖锐刺耳的噪声。而唯有那一把长剑，如青玉一般光洁，无血污染刃，若沐月光，无燥气杀意逼人，却无时不闪烁着凌厉的刃光。

不知何时，那老旧留声机独特沙哑的鸣声唤醒了我，随之而来的是浓郁的咖啡的香气和沾有草莓酱松饼的甜香，才知我早已在空想中坠入了梦乡，而阳光早已透过窗帘照射在我的睡脸上，使我无法睁开双眼。

“早上好，塔灵小姐。”我见塔灵小姐正在准备离开旅店，便打了招呼，出于礼貌，她也回应着，并提出一同外出的建议。当然，空腹出行并不是一个明智的选择，后用过早点，我们才谈论起这件事情。“我可以与塔灵小姐同行吗？”我尝试着问着。“当然，兰蒂斯小姐。”她回答得很干脆，没有迟疑。“那么，午后出发，此时可否？”

这位小姐笑着，端起瓷杯小呷一口，而后招呼着店主，“那么，您就与我一同造访鬼小姐的宅邸吧，可以吗，兰蒂斯小姐”。我先是顿了一会，而后默不作声地同意了，只是感到一种莫名的平静。

那座庭院距离小店并不是遥远，只是隔着那条土路，再向前数百步而已。庭院用白砖砌成，距离地面用卵石垒砌，虽未进内院，只是见着四方的庭院露出红瓦铺的顶，塔灵小姐敲敲木门，无人应答。踏进内院，那充满和风的木质内院吸引了我，地面由细石精心铺制，过道垫上了厚实而不规则的花岗岩石板，上面还散着花瓣，才注意到头顶那棵盛开得令人兴奋的红樱的樱花树，透过阳光把庭院都映染成粉红色，别有一种雅趣与风味。

“甚是雅致的庭院啊。”我不禁赞叹道，而又徒增一心向往，“若是再有一壶酒和小食，便是绝佳的休闲了。”她笑着，找了个阴凉处坐下并招呼着我，“如此随意可否？不知是否有些失礼呢？”我并未坐下，只是把长袍卷起的袖子放下，将剑搂在胸前。只看见塔灵小姐把剑随意地放在身旁，而拿起酒壶自顾自地饮起酒来。这时应当是初春，这樱花开得如此灿烂，也算是一种奇观，而像是春末的那幅景象。“如何，来一杯吗？兰蒂斯小姐。”她端起小杯，招呼着我坐下，“果然还是不宜喝酒，我啊……”我只得先坐下，依旧别着长剑，盘腿坐着。

庭院中看起来并没有人的样子，只是这不大的院子打理得甚佳，少有人造访，不知是否打搅了主人。

“啊，失礼了，二位。”未闻门帘被拉开的声音，一个身着白色长袍的黑发女子从东边的房间钻出，还一脸睡意的样子，不知若是此般姿态，失礼者究竟是何方？“正在休息吗？无故打扰还请你包涵，鬼小姐。”塔灵小姐往旁边移出一个空位，从包袱中又取出一个小杯，“你也来一杯吗？虽说只是刚刚睡醒。”

她摇摆着身体又钻进另一边的阁楼，取出茶具和一些茶叶，都是些不起眼的小物件：稍稍破损的茶杯以及一些绿茶，这茶杯看起来年代久远，杯底还印着模糊的字样，已经无法辨认。

“哎呀，用这些名贵的宝具来招呼我们，阁下甚是大方呢。”塔灵小姐看起来十分愉快的样子，不知是由于酒醉的缘故还是别的什么原因。“只是些过时的器物，何从谈起的名贵。”鬼小姐一边沏茶一边自谦地说着，还为我们准备了小食和坐垫。

“听说您是位擅长剑术的居士，不知小生可否与您比试一番呢。”我尝试着问着，近日来都未畅快地舞剑，不知剑技生疏到了何种地步，“本人也并非专攻剑艺，而只是心怀一颗剑心，而向往剑道罢了。”她依旧十分谦虚，不过又在这若自谦的话语中听出一丝傲气，而气氛显得更为凝重一些。我把长袍的袖子卷起，将剑鞘别在左侧腰间，而非用系带系上，右手搭剑柄，身体前倾半伏，收紧左臂握住黑鞘，做出拔刀的架势。而对方似乎并没有备剑，只是双手呈握姿，做出信剑的架势，以一种较为防守的姿态，左腿迈出，右腿半曲，双臂举直似剑刃朝前。令人惊奇的是，她的手上没有握着剑刃，却摆出一副持剑的姿态，“无形之剑，鬼之刃器，参上。”

“妖刀白狐，灵刀黑鞘，参上。”以遵从剑士的道义，自报刃具真名，无违道义。

二人四目相对，以气息与眼神感知对

方的杀气，不敢贸然进攻，不知此无形之剑有多长，若是柄八尺野刀或是一尺短刃，都是不利。而我刃藏鞘中，亦可以鞘代剑，且拔刀一艺攻势迅猛，也是一利处。而塔灵小姐则是半卧席上，持杯饮酒，甚是闲适。

我率先拔刀以先手夺取主动权，而对方反手拔刀收势左腿退半步以剑身挡下我最为迅猛的一击，却只见由刃面受刀锋一击，转势以一击反手刃欲斩我右臂，而我趁着惯性抽出黑鞘挡下一斩，回身又以右脚为基点以离心力再发动一击，其沉肘反转剑刃又挡下一击。此时黑鞘又自上而下一记劈砍，其再横刀挡住一击并抽刀沉肘转势反刃右腿后迈一大步重心下沉，以突击之势转守为攻。白狐此时已向前刺出，黑鞘架空已备突袭，二人距离突然拉开，而此间时间不过半分而已。

“精彩精彩。”塔灵小姐直起身子，击了一下掌，“那么，何时能够享用晚餐呢？”她说话没有掩饰，能够明显感觉到这位小姐只是单纯的腹空而已。“怠慢了，二位，能够如此畅快地舞剑实是令人欣喜，感谢。”她右手执剑，自左向下做出振血的动作，后摆出收剑的姿态，看起来也是位久经战场的剑士，而即使成了鬼魂，也未忘如何杀人。她慢慢地飘向厨房，看起来并没有那般凶狠，倒有一些温柔，而非狰狞。我也便收了刀，半跪在地，“小生欲与您习剑讨教，望您可收在下为徒。”她没有回头，只是仰头看了看未暗而衬着紫红的夜空。

“说起来，我的庭院可能缺一个庭师……”

- 自律的交响乐 -

于是我便成为这位居士的庭师，与其同居以便讨教剑艺，并打理着庭院里大大小小的事务，平日里打理盆栽花草，清扫庭院，而唯独那颗红樱，这位小姐坚持要自己养护。而一面讨教着剑艺，一面扮演着庭师的角色，假装成一位真正的理想乡居民生活着。

“说起来，你那柄被称作‘白狐’

的刃具，刃面或是刃口，都与普通刀刃无异，何称作‘妖刀’？”这位小姐对一切皆怀揣着一心好奇，不论是着装还是刃具，她都要问一遍，平时无事处事甚是懒散，只是侧卧在门廊，与我一同沏茶闲谈，却不见她持剑。“‘白狐’一剑，其刃形似唐刀，微曲而易拔刀，其柄饰妖魔白狐之尾毛，获名‘妖刀白狐’。”这把名为“白狐”的刃具，承载着罪恶，承载着血的记忆，承载着那个刽子手全部的剑艺，也斩断了那个曾经自认为剑士的刽子手的剑的道义。“啊啦，闲聊之兴不知午饭之时已过，也值初夏，我也准备了些清凉的菜品。”她似乎看到了我脸上一闪而过的阴郁而转换话题，慢慢地离开了。

而若是此时一阵清风掠过，那阴郁也会随风离去，不知何时已经是初夏，虽尚未感觉炎热，风中已掺杂着夏日阳光的气息，非如春风的柔和，而是夏时所饱满的正气，而樱花却无凋零之势，若有魔法一般一如既往地开着。

既然已经决心安居，那么剑艺也就只

是用来闲时打发时间的雅趣之事吧，我是这样想的。甩手把刀纳入鞘中，收起坐垫端着矮桌小跑向屋内，那位小姐已经正坐静待，而看到我那一如既往的笑脸时，她的眼神似乎也轻松了许多。

只是，少了一点乐曲，少了一些带有旋律感的音乐，而在这夏夜里显得有一些过于安静；只是，少了一些令人惊喜的旋律而显得过于平淡的夏夜吧，而在这夏夜里，只有竹叶随风颤抖而发出的细小的摩挲声和风吹过草叶时发出的温柔的轻抚叶面的声音，或许略带有节奏感的钢琴与提琴协奏曲能够让这夏夜鸣出不一样的颜色，一种夜空深邃的紫融入了乐曲若星辰般闪烁的绮丽景色。于是我便想起了旅店门前那台沙哑鸣响的老旧留声机和那总是循环播放的几首曲子，若是能够听见这位理想乡仅有的乐师们的尽情演奏，便是一幸事。次日，我向那位小姐提起此事，“乐曲吗……”她先是沉思了一会儿，而后端起茶杯饮尽茶水，“想不到阁下有如此雅趣，而我也只是旧时和平时期听过草民欢歌或是宫廷乐曲，而后再无乐曲。”她直起身来，拔出刃具，看那若青玉般的剑刃映射出自己苍白的面孔，或许那时的人们，有过为幸福或只是安居而挥剑的欲望吧。“和平而有意趣作曲，纷争再无乐可言。在这理想的国度，或许能够听见为和平而鸣奏的乐曲吧。”她笑着，纳刀踱步向阁楼，后慢慢地从台阶上走下来，还哼唱着一段旋律。而我也跟随着旋律唱了起来，还一边拍着手打着节拍，一首熟悉的童谣，现世传颂的童谣，名字早已在战火中被人遗忘，而只记得这熟悉的旋律，或许还有一段动人的故事。突然，门边传来一阵提琴的鸣声，像是复述着刚才的旋律，而后又有更多的提琴加入了和鸣，再者还有小号与圆号的衬托，似乎还将大号作为主旋律在叙述着这乐曲的故事，反之中提琴成为伴奏，令人惊叹。此只是一时听见的旋律，而一个乐团的演奏家们却能够配合默契，甚至是一致地即兴演奏。“乐师吗……”那位小姐显得有些惊喜，“此般美妙，只惜本人此时只携带几种乐器而未闻此曲之含义，贸然演奏，还请您原谅。”推门便看见一个中等身材男子戴草编宽檐帽，身着白衬衫扣背带，脚穿板鞋，手持一细竹枝，而后有管弦乐器一组，若无所依，只凭此人一竹枝、一双手、一双眼而已。“阁下过谦，而能够如此演奏乐器者，我至此时只见过一人，实是奇缘。”她笑着，请此人进门共饮，“庭师小姐，不知此屋还备有酒否以招待先生。”她突然十分正式地叫我而让我一时不知该怎般回答，只得默不作声备酒做小食。“招待不周，还请原谅。”我也显得礼貌起来，而收敛了往日的锐气而温和起来，“本人只是一介游吟诗人，正巧路过此地而闻见二位歌声，实是有幸；再受二位优待，本人衷心感谢二位。”而三人饮酒赏樱花闲谈，少有的热闹气氛令人愉快。“小生往溪边盛水便先离席，失礼还请原谅。”我提着木桶小跑着往溪边，像是欢快地跑跳着，还哼唱着那首歌谣，只是，变得更加

活泼与欢快了。

“啊啦，兰蒂斯小姐。”在溪边，一只摇摆着长尾巴的妖怪少女正在清洗竹筒，并把洗好的糯米灌入竹筒中，用稍微大一些的木盆盛着。“午安，店主小姐。”我也坐下来，看着她，“这是竹筒饭哦，兰蒂斯小姐，要的话可以分你一点呢，今天没什么客人你可以一起来店里吃饭哦。”她邀请着，一边清洗着竹筒，“十分感谢，只是今日院里来了客人不方便出门，还请原谅。”想不到她竟笑了起来，“几日不见，兰蒂斯小姐的语气也变得像鬼小姐一样如此正经了呢，不用拘谨，这种细枝末节我不会在意的。”她拍拍我的肩膀，“回见啦，兰蒂斯小姐。”她端着木盆离开了，而我却突然意识到了她话中的含义，而沉思着。

待我回到院子时那位先生已经离开了，还看见鬼小姐鲜有地在阁楼里翻找东西。“哟！你回来啦，那位先生留了唱片给我们哦。”她从一堆破旧的杂物和古籍中拖出一台留声机，拭去上面厚厚的尘灰，又招呼着我一起把这个老旧的机器搬下阁楼，两人却都未启动它，而是静静地看着而后离开了，似乎在害怕着什么，是怕打破这宁静的庭院，再或是别的什么缘故。

次日早晨我早早地便离开了，而考虑着在临近的小镇里找一位刀匠，店主的话使我突然心血来潮，欲寻求一种更具个性的流派。我往一家藏匿在窄巷深处的铁匠铺走去，推开沉重的木门，突然头顶传来一声清脆的铃响，后是店主沙哑的声音，“欢迎光临。”这扇门十分沉重，像是拒绝客人一般地木板挡在街与店中间。“您好，我想要锻造一把胁差，可以吗？”他先是慢慢地抬起头来，而后再一次低头摆弄着手边的铁器，“可以哟，长度有要求吗，材料有要求吗，只做刀刃还是说连同剑柄一齐制作呢，小姐”。我稍稍思考了一会，有了确切的答复，“长度一尺余五分，材质随意尽量精致且不雕纹，可否以灵刀为标准制作其柄且能承受重击，易拔刀……其余还请师傅多加斟酌改良。”铁匠沉思许久，又握笔在纸上稍稍勾画起来，“一尺余五分，约三十五厘米的胁差，易拔刀即刃形微曲，既然是短刃，那么即首先考虑拔刀速度而选用轻型钢材，至于灵刀的工艺，只可惜我见识短浅，不知灵刀一艺为何物，还请小姐原谅。”我笑了笑，“正巧，在下身上正巧携一柄灵刀，只惜不是刃器而是刀装。”我从长衫中抽出白狐，再将黑鞘递给铁匠。“如此‘灵刀’！世上有此制刀实是奇异！”他往鞘内窥探，而惊叹道，“我明白了，小姐过段时日来取即可，必制出一刃具令小姐满意。”

道谢后，我又推开那沉重的木门慢慢地离开了，那一刻，我能看见那位年长的铁匠昏花的双眼中迸发出一道惊人的闪光，像是燃起了热情的火焰一般，站起身来往里屋走去。而后要做的事情就是静候其佳音与磨炼技巧，不知为何我又再一次燃起了舞剑的欲望，而夜夜望剑心中舞。

或许这就是我所渴望的雅趣，与那位小姐一般，沏茶、午睡、做食、舞剑、吟诗、林中漫游，而心中的剑的道义，也不知何时淡忘了，只是想舞剑而舞剑，吟诗而吟诗，饮酒而饮酒，再无道义可言了。

那晚饭后，怀揣着一心激动，两人注视着留声机一下一下把吱呀呜响的发条上紧，再放上一张唱片，静待其发出美妙的鸣声，随之而来的却是一阵嘈杂的沙哑的模糊的刺耳噪声，只得叹气原地坐下拍腿皱眉：

“留声机……似乎坏掉了。”

- 庭师的剑道 -

“不知小姐是否满意？”一柄有着白玉般光洁刃面的胁差呈现在我的眼前，刃长适中，是一柄双刃剑，而又以白竹木为柄缠黑绳，黑鞘纳刀，却有些沉重，甩动起来十分有力，“灵刀一艺，以内部有空腔而纳刀时能发出空灵的声音而得名‘灵刀’，若有魂灵住在刀鞘内一般的刃具。”他说着，将刃具递给我，“客人满意即我最大的幸福，有幸遇见如此奇异的刃具实是幸运。”他的愉快令人莫名感到欣慰，随之而来的是对幸福一词的又一诠释，“实是感谢。”而后把胁差横别腰封，离开了。

午饭后我便在庭院里挥舞起剑来，其剑身笔直而非曲，而其短刃可直纳刀而不失力度，作为二刀流一派或许是一柄好的刃具。“看起来阁下入手了一柄不错的刃具呢。”她看着我那心满意足的样子，一面笑着，“不过若是以白竹木作柄，怕会无法承受阁下抽刀与打击时的力度而轻易断裂破损。”她说着，“论无道者，纵使精通杀戮技艺却无道为柄，手也必定会被自己的刀刃割伤吧。”她坐下来，“阁下爱听故事吗？”

我只是点头，而看着她认真异常的表情，脸上的笑容也随之消失了。

剑刃上的血迹尚未凝结，昏花的双眼中只

有求生的欲望，纷争未息。

刀光剑影，勾勒着那个黑白水墨

般的地域，人们曾念想：等到战争结束，我就可以回到故乡重整耕地，来年就有粮食和果实；等到战争结束，我就可以与家人重聚，平淡地安居而过完后半生……人们渴望和平，渴望纷争平息的那一天，而狂奔着，而挥动着手中的长剑，他们希望能够活下来，等到战争结束，去做自己本想去做的事情。

但是战乱是不会停歇的。战时的第三年，王突然驾崩而无人理政，而战场也悄然发生了变化：望归乡整地之人却欲得到更多的土地而趋炎附势，欲一方夺得王权而获利；望平淡安居之人却欲得高位厚禄而叛离族人，欲一方夺得王权而获利。战争的性质随着人心的变化而变得微妙起来。

其中，一位时常身着白衫的剑士，叛离族群一意孤行，而其长衫也必于血溅之时染上无法洗涤干净的血污，若红樱一般映于衣衫，其刃斩人无数，刃面已无法辨清原来的色彩而只是猩红甚掺有血渍。其双眼昏花却依旧孤行于罪与恶之间，拔刀之意唯一：斩其心之恶，望可息心，还于本心。殊不知其心已成鬼，似孤魂野鬼无人顾甚至遭人嫌惹人恶，终战死。

阁下可知此鬼为何人？

我的心中很清楚，面前这位小姐便是其言中的那只“鬼”，而我却没说话，只是沉默着，离开了长廊往里屋走去。我不知如此痛楚，不知一意孤行而他人冷眼相待的苦楚，因为或许我就是其口中那些欲得某物而趋炎附势之人。但是，生存之道本就是如此，若无生，后论何物？“而此鬼未失其本心，未逆其剑道，其从始至终皆从志……违心者，失其道，与鬼无异。”故事已经结束了，她只是坐在原地，饮酒。“欲成鬼者，一意向鬼终成鬼。”

“持剑吧，思考是无用的。”

夜色渐渐降临了，我顿足原地沉默无言，“拔剑吧，思考是无用的。”

她的剑已出鞘，依旧是信剑之势，而我却依旧无动于衷。“人，生即知其生之不易，而剑道，却反其生之道而行，舍生而取义，此为后悟。”她一个突刺向前冲来，我向后退两三步，拔剑俯身，“剑道，即剑之道义，其后悟，沉思无用，唯有即死之时才下决心。”她的每一下斩击都十分快速有力，使我无法招架，只得连连后退。

雨，不知何时已经落下了，而打落了红缨，沾湿了长衫，凌乱了长发，剑刃在雷电下闪烁阵阵白光。我站在红缨下，横起刀刃，而又望见那个剑刃反映出的一个刽子手徘徊的脸孔，一剑，已经划破了我的脸颊，于右眼眶下约半寸，血液慢慢地划过脸。一股血腥味突然涌入鼻腔，又想起我的从前，第一次挥舞“白狐”之时，那一心热血，一身正气，不违我剑之道义，无所顾而孤行，却不知何时失去了它。

“如果人心中的恶无法连根拔起，那么只能连心脏一起刺穿，纵使死去，也总算是少了一丝恶。父辈的恶，族人的恶，也只能连心脏一起刺穿，纵使死去，也总算是少了一丝恶。”

不知何时，又想起了往事，那时的幼稚，也或许正是那幼稚，才造就了现在这个徘徊迷惘的我，或许当年那只鬼也曾幼稚，而终得道义吧。

“不，不是由于恶而斩人，而是为了将这恶连根拔起而斩人，人与心中的恶是无法分离的，所以……”那一刻，我似乎看见了那把无形的剑刃，那把鬼的刃器，那份心，背负着罪恶，而一意孤行的鬼的心情，我才明白，这是一种执着，剑道的执着。

喧嚣的雨夜，闪光的剑刃在风雨中再一次碰撞，无形的剑心之剑无法斩灭一位已清晰地认识内心中所背负着罪恶的剑士那颗燃烧的心，而僵持不下。鬼之剑技高超绝妙，只闻其刃破风声，不见其刀身剑影，若白玉映光，刃速之快只见刃光闪闪。只见剑士一人为其“白狐”一刀，若空舞，斩落樱，“明道义者，纵使身已成鬼，而心依旧，心若成鬼，义仍不亡”。

山风起，

吹落万瓣随风舞，

剑士白刃指红樱。

一柄剑，

一双眼，

一颗剑心再不惘，

此之谓：

心眼剑一流。

“阁下已知，剑之道所在否？”她把剑横在面前，再沉肘转势半伏身右腿退半步以突刺之势备战，而我则收刀入鞘，俯身半侧以拔刀之势备战，四目相对而不动。当她右腿蹬地左腿微微踮起之时，我抽刀上扬而左手握柄以借重力一击打断其突刺一击，“是，在下已知道义之向，而您的剑道、意志，在下略知一二，剑士之流，当为义而奋斗。”

这位小姐平日并不舞剑，只是剑

道铭记于心而时常忆起往事，虽不甘，而身已成鬼，纵使孤行欲再奋起也已无意义。不知何时，尚为人的我，莫名徒增了一丝罪恶感。

- 骑行于斑斓色彩中的画匠 -

不知何时，手中所持之剑也变得轻盈起来了，就好似失去了重量，而只有实体而若无此物一般，好似此剑就如由我心意所成一般，而挥动时毫不费力了。而心里的重负，却不知何时变得更为的沉重，就好似谴责着自己一般，心脏每一次的跳动都变得更为艰难，而满负罪恶的心灵，也不甘安居了，甚至无法继续欺骗，把自己伪装成一个理想乡居民而存在着。而渐渐地，夜里也常常看见刀光剑影，血溅横尸，常常看见一个刽子手孤独的身影，于如血染的黄昏，孤独地前行着。

“我……想要离开这里。”那一刻终于到来了，再无法承受重负罪恶的身躯的我挣扎地吐出那一句话。“嗯，可以哦。”那位小姐很轻易地答应了，而无眷恋似的，“如果有能力的话，离开对你来说即为解脱一般……我明白的，无从随剑道而存活的痛苦。而我已成鬼，恐怕已无资格再随剑之道而存于现世。”她的语气像是谴责自己的无为一般，而后呷一口绿茶，“远处，视野的尽头，有一座古塔，去找塔灵小姐，那位召唤你的灵，她会告诉你该怎么做。”她站立起来，把我送到门口。“一直受您的照顾，小生万分感谢。”我鞠躬感谢，而后准备离开时，她把一块打磨光滑的红玉塞到我手里。

“以剑之道而行，待到息心之时，活着回来。”

我慢慢地离开了，又特意绕了远路向店主告别，她没有说话，依旧扫着地，但是我能确切地感受到她已经明白了我的决意，而后她抬起头，“别死了哦。”她以一种似送别死人的眼神看着我，像是永世无法再见面一般的眼神，盯着我看，像是要永远记住我这张面孔一般，久久不移开。于是我默默地移步向山林深处，朝着那一座无法望见塔顶的古塔行进。

“哟，小姐，非常抱歉，能麻烦你帮忙捡一下旁边的那把遮阳伞吗？它被风吹跑了。”湖畔边的小土坡上，一个穿着红黑格子衫的男人一边挥着手一边喊着，而我却依旧似无主一般前进着，而后猛地清醒过来，“是的，先生。”慢慢地握起那柄白色的遮阳伞，很大且很沉重，铁质的长柄下似乎还套着木质的支架，只是残缺不全，应该是被摔断的吧。“非常感谢，小姐。”他从小土坡上跑下来，连声道谢着，再看看他的衣装：红黑格子衫外还套着一件短白衫，上面不规则的点点黑斑好像是颜料溅射所致，而于宽松的布裤与红黑格的小帽，却凸显出一种别样的衣着风格。“要来看看吗？我的作品。”他看起来自信满满的样子，而我也并没有拒绝的意思，跟着他爬到土坡上，而从此处向远望，不禁惊叹起来：远处是一些低矮的树林，还有一个小城镇，挂着旗子且装点华丽，甚有一丝热闹的感觉；再把视野向前挪，湖水反映着天空的蓝，而不时泛起波澜，闪烁着粼粼白光，叶片也随着微风颤动着摩挲着发出阵阵悦耳的鸣响。其中，古塔正坐落在那小镇中，由于远处的雾气有些难以看清。再回身半蹲欣赏着那张正在雕琢的画作，用色巧妙而除去了由于雾气所带来的色彩对比度的下降，同时精雕细琢的细节以及虚实分明的表现手法令人惊叹。

“阁下，是一位画家吧？”我一边看着那幅尚未完工的作品，问道。“大家倒不敢称，只是一介画匠而已。”他自谦地说着，搬来一张木椅并请我坐下，“小姐是一位武士吧，携剑姿的眼神步伐都似一位无数次行走在生死线上的人一般。”他把铁夹松开，取下那张画作，又换上一张新的纸。他不以剑士称我而代称为武士，武士有喜斗之人之意，而此蔑称，也似乎带有一丝嘲讽的意味吧。“小生从剑，而从此自称剑士，还请阁下斟酌而称呼其名其职。”我开始有一些生气了，而看他埋头作画便没有追究了。而后，他把画板反过来，一幅只用碳笔绘成的画像展现在我的眼前，其神态动作姿态神情皆惟妙惟肖，“这是……小生？”持剑半侧长发凌乱长衫飘，若血溅一般的斑点是用碳粉散在纸面而用手指摁压再突出地随性地点上几笔，而其眼神锐利口微张，就好似是刚刚拼杀玩的那副狼狈失态的样子，别说，与旧时的我，真还有几分相似。“失礼称呼小姐还请原谅，不如……我请你吃甜点吧。”他拎起挎包收起大伞用草绳捆好，扶起随意丢在一旁的自行车，把东西绑在车尾的架子上，并请我坐在画板上，如多添了一个座位一般。他把帽子塞到挎包里以腿蹬地利用斜坡加速骑行起来，一路上还不时与我闲谈。

其住宅建于一片平原的小丘上，从这里能够看见远处隐隐约约的起伏的连山和无尽的蓝天。他把自行车随意地停放在后院，拎着挎包跑进大厅，准备茶水并请我坐下，把挎包放在沙发上而后迅速跑进厨房，“请您静待一会儿，我这就去准备。”

“呜噜……”我似乎听见挎包里传来了奇怪的声响，就似一只小动物在何时蹿进了这个蓝色的皮质挎包中，而后浑然不知自己被人携走。一条白色且末梢掺黑的尾巴从挎包中露出还摇摆着，“画匠先生……你的包里好像蹿进了什么奇怪的东西。”我慢慢地往旁边挪动，而后一个身着白袍的妖怪少女从包中钻出耷拉着耳朵，后睁开那双血色的眼睛，狐狸一般的瞳孔直勾勾地盯着我，又重新钻回挎包。“哦，家里来了客人。”那位先生是这样解释的，一面安抚着她一面说着。“想不到先生还有饲养妖怪的癖好……”我依然坐在远处的沙发上没有靠近，搂着剑盘腿坐着。感觉有一种莫名的羡慕，拥有一座远离人烟的住所，而与所爱之人所恋之物一起生活，无所念而安居，而我却没有资格安居，没有息心的理由。

我一边小口吃着甜点，一边思考着。“想做的事情就去做，就是这么简单。”他是这样说的，而拍拍我的肩膀，以一种极为温柔的眼神看着我，眯着眼笑着，“要回去了吗，我载你吧。”我站起身来，把剑别回腰封，“麻烦阁下了。”

一路上，二人都没有说话，我也只是望着远处已经坠入山谷的夕阳，看那夕日把天空的幕布染成橘红色，而边缘衬着紫红，那片紫红一点点侵蚀着仅残余的一点光明，夜慢慢地降临了，山头还有一丝光，勾勒着山的形状，其余是无边的黑。却就如魔法一般，当那仅存的光明消失的那一刻，夜空里的点点繁星也变得闪亮起来。慢慢地，那一片黑幕变成了色彩绮丽的衬着夜色深蓝的繁星的居所，而不禁在尚未离开时，就怀念起这段美好的时光。

-伫立于万千剑戟下的灵-

慢慢地踱步向城镇，却不知那喧闹的城盛装打扮却无一人于街上行，只有我只身一人穿过无人的城，而感到莫名的凄凉和孤寂，却好似于人流中穿梭一般，还不时磕碰到，就似已无法看见这里的人而存在于虚无的灵一般，慢慢地接近着那座古塔。

古塔的由木质，无一丝倾倒之势就似扎根与此一般，小心翼翼地踏上吱呀响的木阶，默默地闭紧大门，仰头向上望，是无尽的阶梯。“晚上好，兰蒂斯小姐。”她推开槅门从二层的木栏向下看，而后迅速奔跑下楼。“此时还来打扰您，实在是抱歉。”我说着，而发现她已经备刀，虽依旧谈笑风生而能感受到她的杀气。“哪里的话……”她依旧温柔的语气就像面具一般将她伪装成就像原来那时一样一个好饮酒的温和的人，“我是这个无忧之地的守护者，也是监管者，这里欢迎一切渴望安居的生灵，不论妖怪也好，人类也好，但这一切都源于秩序，是源于安居而产生的秩序。但是不欢迎偷渡者，不欢迎偷窃者，而我正是维持这个理想之地秩序的人，此处‘禁止返回’。”她的语气突然变得阴沉起来，双瞳也与往常的青色变成了金色，她抽出长剑蹬着台阶向下猛冲，我一惊抽出长剑勉强挡住一击，此击迅猛而只见其影闻其声却不见刀刃，“灵刀白玉，灵刀时雨，参上。”她又抽出另一柄长剑，再一次向我冲过来，她转身跃起似旋转的陀螺一般攻过来，而此剑刃击打在鞘上就似链锯一般，其刃具反射出的刃光就好似拥有威力一般，木栏也由于这次的冲击而被斩断了。“妖刀白狐，灵刀黑鞘，灵刀血樱斩，参上。”我身体前倾半伏蹬地前跃冲向她，而她扬臂刃反握给我一记重斩，我此时已无法完全站稳而处半跪之势以血樱斩挡住一击，刀刃碰撞之时，刃面的反光映出她的二刀流左夹击而再一次挡下，却被她彻底封锁了行动，而其扬脚猛踢将我从楼梯上踢下，再从上跃起施重击欲断我刃器。

我向后跳跃闪过一击，见她另一臂已沉肘架突击之势再向前一大步，另一腿却似半坐以脚尖点地，而我反转又一击横斩破其突击一势。她后跃一步再以另一剑突击，而我则小移半步以刃面接突刺猛击弹开其刃器，再前滑步一小段以膝盖击其腹，肋差欲斩其后颈，而其失剑一手向我肩猛一拍，使我刀轨偏移而划伤其大臂，体力消耗已经到了极点。两人皆跳开拉开距离以收刀入鞘准备最后的拔刀斩击。

见她一剑别在腰封右侧而另一臂则背在后握反剑，应该似先前的第一次攻击，如旋转的陀螺一般高速的旋转打击，我也侧身前倾半伏手呈拔剑势左腿前迈右腿肌肉紧绷将突进，却好像在害怕一样颤抖不停，眼睛紧盯着她的手臂而其稍有动作便欲拔刀向前。“在下于此世煎熬，而满腹罪恶，实非安居。在下欲重归现世以贯彻道义，而不希望伤了阁下，请阁下让道而使在下了此心愿。”而她给予我的回答却是冰冷的刃器碰撞的声音，而再无言。却能见其泪沾刃面，动作也慢慢地迟钝了，我则趁此时击开其剑刃，“在下，要斩断全部的罪恶，而若是人心与恶无法分离，只得连心脏一起刺穿。”我的长剑已经刺入了她的胸膛，而染红了长衫，溅在地上。振血，纳刀，每一个动作都如此艰难，而从未此般地心痛，慢慢地离开了，而回过身来，她已经走了。

灵是不会死的，那个独自守护着秩序的灵是不会死的，只要秩序还在，她就必须永远地守护这个秩序，这个名为“理想乡”的安居之地。而背负着生命的重量，无数次斩断与现世的连线的灵，伫立于万千剑戟之下，同时背负着两个世界的恶，依旧守护着这个世界绝对的秩序。

- 血染的樱花 -

伫立于这喧嚣的现世之时，莫名心中宁静了许多。就似血染的天空一般，而剑刃上映出的是一个刽子手的狰狞的目光，或许这才是真正的兰蒂斯，一意孤行的鬼。

慢慢踱步回到自己的宅邸去，远望就见妹妹在门口张望着，而见着我回来了，便兴奋地扑过来搂着我，“姐姐，欢迎回家。”

她笑得纯真，笑得像个孩子一样，而我的笑颜渐渐凝固了，而后是一阵无言。那晚我没有留宿，而是找了个偏僻的酒家独自一人喝起酒来，或许是与那位小姐住习惯了，也便有了饮酒的爱好，眼神也如鬼一般变得锐利起来。“是……兰蒂斯小姐吗？”一个胆怯的声音从旁边传来，而后他慢慢靠近过来。“是的，在下正是。”我没有回头，而此时我的手已握剑柄反刃便是乱击，脸上和长衫上皆沾染了血迹。此时的我是鬼，不是人，而从此再不为人，此身已成鬼，心已成鬼。

埋头继续喝酒，而已无兴致，后付了酒钱，离开了。独自行走在无人的街道，山风扬起我的长衫，看见那若红樱一般的点点血污，再仰头望长空而叹，不知何时自己也会想那位小姐一样，衣衫上开满着罪的血樱。

而后的几个月，我从不知何时开始喜欢喝酒，却每滴酒都是血的味道，而不再如此前的甘味可言了，却异常地喜欢喝酒，意识也模糊起来了，虽说索然无味，却很

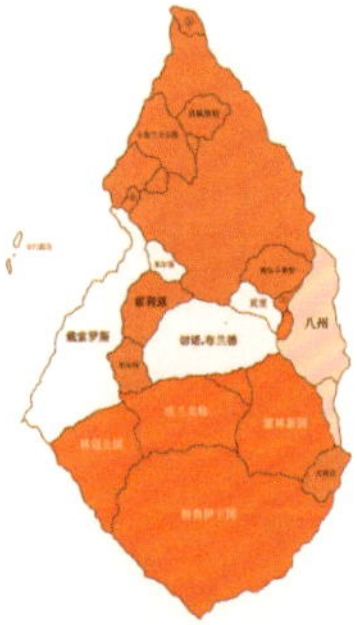

伤身体。刀刃却依旧锋利，依旧无情，而直接反映着我的心，那颗刽子手冰冷的如钢铁一般的无情的心。记忆也渐渐地模糊了，而唯一所能够忆起的，是那在理想乡居住的短短的几个月，每一分每一秒都历历在目，而再一回头便又是横尸的街道，燃烧的楼房，以及血色的黄昏般的天空。那棵血染的樱花也开满了长衫，不论怎般清洗也无用了，而一层一层地反复地染着，就像那樱花常开的庭院，永不凋谢的罪的血樱。再而后就连念想都失去了，就像行尸走肉一般地做着相同的动作，拼杀，斩灭，唯一支持着这副躯体的就是烙印在肌肉与神经深处的杀人的技巧，那件长衫也染成了血红色，再不见一丝洁净之处了。

此身已成鬼，心已成鬼。

待到某一刻，连作为人类的语言也失去了，每一次的回答都是冰冷的剑刃和狰狞的目光，

而回答我的也只有血液飞溅，剑折骨碎，却不知所谓孤独，而是为了意而

斩人，恶即斩。而不知何时，此心再一次感觉到跳动之时，是伫立于那颗如血染般的红樱面前，而从剑鞘中将那颗红玉掏出，“不知何时，剑之道已无从追寻了，而小生，也再不是剑士了。”

现在回想起来，此身究竟为何，人也罢，鬼也罢，都无从说起了。

那一刻，像是日光爆发出的巨大能量，一切都消失了，只留下眼前的一个黑点，我能够感觉沉重的身体正在下落而由于失重的缘故反而轻盈了许多……

- THE END -